아빠가 아버지 되던 날

아빠가 아버지 되던 날

발행일	2017년 6월 28일

지은이	박 현 철
펴낸이	손 형 국
펴낸곳	(주)북랩
편집인	선일영　편집　이종무, 권혁신, 송재병, 최예은, 이소현, 김한결
디자인	이현수, 이정아, 김민하, 한수희　제작　박기성, 황동현, 구성우
마케팅	김회란, 박진관
출판등록	2004. 12. 1(제2012-000051호)
주소	서울시 금천구 가산디지털 1로 168, 우림라이온스밸리 B동 B113, 114호
홈페이지	www.book.co.kr
전화번호	(02)2026-5777　　　　　　　　　　팩스　(02)2026-5747

ISBN	979-11-5987-649-3 03810 (종이책)　979-11-5987-650-9 05810 (전자책)

(주)북랩 성공출판의 파트너

북랩 홈페이지와 패밀리 사이트에서 다양한 출판 솔루션을 만나 보세요!

홈페이지 book.co.kr　•　**블로그** blog.naver.com/essaybook　•　**원고모집** book@book.co.kr

아빠가
아버지
되던 날

박현철 에세이

언제나
후회하는
자식들에게
전하는 글

단 3초 만에 누구든 눈물짓게 만들 수 있는 단어가 있다. 바로 아버지, 어머니다.

내 나이 사십 대 중반이다. 아들과 딸을 가진 가장이 되었고 살아보니 세상, 호락호락하지 않다. 인생 뭐 있냐고? 인생 뭐 있다고! 말하고 싶다.

육체적, 정신적으로 힘든 어느 날 차 안에 앉아서 혼자 조용히 눈물을 흘렸다. 점점 감정이 북받쳐 소리 내어 엉엉 울고 말았고 속이 시원해졌다. 자식 생각, 마누라 생각에 한번 힘을 내보자 다짐했다. 그리고 그 눈물 끝자락에 떠오르는 사람이 있었고 그는 내 아버지였다.

'얼마나 힘드셨을까'라는 생각이 들었고 그런 내색 한 번 없이 여태껏 잘 버텨주신 아버지 생각에 또 한 번 눈물이 흘렀다. 고마워서 미안해서 그리고 사랑해서 눈물이 흘렀다.

난 드라마를 보거나 책을 봐도 잘 운다. 영화 〈해운대〉를 보다가 울어서 아내에게 핀잔을 받기도 했다. 그렇게 울고 나면 몸도 마음도 한결 개운해지고 왠지 모를 힘이 생긴다. 그러나 부모님을 생각해서 흘린 눈물 뒤에는 후회가 밀려오고 다짐이 밀려온다. 언제나 그렇듯이 그 다짐은 오래가지 못한다.

우리네 아버지 세대들은 사랑받지 못했다. 전쟁 통에 태어나서 피난 다니고, 먹고 살기 바빠서 '사랑'이라는 단어 자체를 모르고 자랐을 것이다. 그러니 당연히 사랑을 주는 방법을 모른다. 하지만 방법이 달랐을 뿐 우리는 알게 모르게 사랑을 받고 자랐다. 야단으로, 고함으로, 때로는 따끔한 회초리로 사랑을 표현한 것이다.

정말 자식에 대한 사랑이 없다면 무관심으로 일관했을 것이다. 내가 이해할 수 없는 부모와 자식 관계도 분명히 존재할 것이고 그들의 상처까지 다 헤아릴 수는 없다.

더 이상 미루고 싶지 않았다. 더 이상 놓치고 싶지 않았다. 많은 기억들이 잊혀질까 봐 두려웠다. 소중한 추억들이 있지만, 머리카락 한 가닥처럼 자세히 떠오르지는 않았다. 바쁘다는 핑계로 그저 그렇게 흘러가는 나날들이 두려웠다. 순간순간 떠오르는 감정들과 다짐들을 남겨 놓고 싶었다.

편지를 썼다. 하지만 '부치지 않은 편지'가 될까 봐 걱정되었다. 누가 뭐라고 해도 지금 난 행복하고 싶다. 오늘을 열심히 살고 싶다. 죽음을 맞이하는 어느 날 '껄껄껄' 하지 않기로 마음먹었다. 그러기 위해서 단 한 명에 대해 이야기하고 싶었다.

바로 지금이다. 어떤 책을 읽었고 머리를 한 대 얻어맞은 듯했다. 승자는 방법을 찾고 패자는 핑계를 찾는다고 했다. 인생의 패자가 되기는 싫었다. 희망찬 음악을 크게 틀고 가슴을 쫙 폈다. 그리고 오롯이 나만의 시간을 가졌다. 아무도 방해하지 않는 나만의 시간이었다. 무엇을 할까 곰곰이 생각해보았다. 내 가슴속에서 바위처럼 무겁고 암흑처럼 조용하지만, 용암처럼 뜨겁게 흐르고 있는 무언가가 있었다. 그 이야기를 적어보기로 했다. 바로 내 아버지다.

〈국제시장〉이라는 영화를 예매하고 부모님을 모셨다. 부모님은 지금의 대한민국을 있게 해주신 주인공 세대였다. 영화의 주인공이 바로 나의 부모님이었다. 엄마 아버지의 뒷모습이 자랑스러웠다. 고생하셨다고 안아드리고 싶었다. 그런 내 마음을 고스란히 담아 보고 싶었다.

아버지를 옆에 모시고 기억을 되짚어가며 글을 쓰고 싶었는데 그러질 못했다. 잊고 싶은 과거의 상처를 건드리는 것은 아닌지 걱정이 됐다. 내 짧은 기억들을 떠올렸다. 연기처럼 사라지기 전에 빨리 시작해야겠다. 자 이제 출발한다.

2017년 6월
박현철

차례

차례

차례

제5장 당신을 사랑합니다

제1장

나는 부모에게 어떤 존재인가

어릴 적 내가 보았던 아버지의 뒷모습은, 세상에서 가장
커다란 산이었습니다
지금 제 앞에 계신 아버지의 모습은,
어느새 야트막한 둔덕이 되었습니다
부디 사랑한다는 말을 과거형으로 하지 마십시오

한 걸음도 다가설 수 없었던 내 마음을 알아주기를
얼마나 바라고 바라 왔는지 눈물이 말해 준다
점점 멀어져 가버린 쓸쓸했던 뒷모습에
내 가슴이 다시 아파온다

〈중략〉

제발 내 얘길 들어주세요. 시간이 필요해요
서로 사랑을 하고 서로 미워도 하고
누구보다 아껴주던 그대가 보고 싶다
가슴 속 깊은 곳에 담아두기만 했던
그래 내가 사랑했었다
긴 시간이 지나도 말하지 못했었던
그래 내가 사랑했었다
    - 인순이 '아버지' 〈프로그램 나는 가수다 중에서〉 -

1.
당신은 나에게 친구였습니다

프로야구가 시작되었다. 주말이면 TV 앞에 앉아 각자 서로의 팀을 응원했다. 팀을 정하는 데는 별 이유도 없다. 그냥 난 엠비시 청룡, 형은 오비 베어스, 아빠 삼성 라이온즈였다. 야구 시청이 끝나고 나면 바로 골목 행이다. 보고 배운대로 바로 실습이다. 아빠 포수, 형과 나는 투수였다. 이게 지겨워지면 아빠는 투수, 형과 나는 타자였다. 옆집 장독대는 우리가 깨뜨리고 물어주기 일쑤였고, 유리 집 사장님에게도 우린 아주 우수한 고객이었다. 야구 장비를 하나둘씩 장만했고, 조금 과장하면 야구단을 하나 차려도 손색이없었다. 그렇게 우린 프로야구선수의 꿈을 키워갔다.

86 아시안 게임에서 현정화, 유남규 선수가 탁구를 치면 탁구라켓을 샀고, 박종팔, 유명우 선수가 권투를 하면 권투 글러브를 샀다. 배드민턴 라켓은 부러져 못 쓰는 게 수십 개였고, 빨래건조대는 훌륭한 네트였다. 어느 날인가 유명우 선수가 아시아를 넘어 세계 챔피언으로 등극한 날 저녁, 형과 나는 10라운드를 싸웠다. 주심은 아빠, 엄마는 주

전자 담당. 첨엔 장난이었는데 점점 장난이 아니었고 결국 난 형의 코피를 터뜨렸다. 그러자 아빠는 선수교체라고 하시며 어찌하다가 내 코피를 터뜨렸다. 그제야 권투시합은 끝났다. 둘은 코에 커다란 휴지를 쑤셔 박았고 다 같이 둘러앉아 옥수수를 먹었다.

벌건 국물이 나왔다. 김이 모락모락 피어올랐다. 육개장 같아 보였고, 소고기국 같아 보였다. 생전 처음 보는 음식이라 긴장한 탓인지 손에 땀이 쥐어졌다. 들깨를 넣고 다진 마늘을 넣었다. 눈치 보며 따라 했다. '보신탕'이다. 아빠, 형과 함께 처음으로 보신탕을 먹으러 갔다. 남자라면 못 먹는 게 없어야 한다고 주장하시는 아빠 손에 이끌려 큰 마음먹고 보신탕집 문을 열었던 것이다.

몇 달 전 감기몸살로 심하게 고생하신 아빠에게 난 보신탕을 포장해서 몇 번을 갖다 드린 적이 있다. 가게 문을 열고 들어서는데 코로 훅 들어오는 보신탕 냄새에 갑자기 코가 찡해졌다. 눈이 벌겋게 달아올랐다. 맛은 기억이다. 기억은 추억이다. 아빠랑 처음 갔던 그 보신탕집 냄새가 내 머릿속에 저장되어 있었고 누워계신 아빠 생각에 난 울컥했던 것이다.

"아줌마 고기 좀 많이 넣어 주이소."

안개처럼 자욱하고, 뿌연 담배 연기가 피어올랐다. '딱딱' 부딪히는 소리와 함께 고함을 지르거나 아쉬움에 탄식하는 소리가 섞여 정신이 없을 정도로 시끄러웠다. 입구 유리창엔 책에서 보았던 참고 표시가 크게 그려져 있었다. '당구장'이었다. 아빠 당구 실력은 짠 200이다. 공이 앞으로 갔다가 뒤로 쭈~욱 오기도 했고, 공을 따라 쭈~욱 앞으로 가기도 했다. 나에겐 신세계였다. 분위기에 주눅이 들어 살짝 겁이 나기도 했다.

　지하로 내려갔다. 컴컴했고 약간 퀴퀴한 냄새가 났다. 문을 여니 은은한 조명과 함께 음악이 흘러나왔고, 푹신한 소파에 몸을 묻은 사람들이 와자지껄 떠들고 있었다. 적당한 자리를 잡았다. 메뉴판을 든 40대로 보이는 아주머니가 우리 쪽으로 와서 눈인사한다. 나중에 알았지만, 주인이었고 아빠와는 꽤 친해 보였다. "아이고야 아들인갑네. 다 키웠네." 하며 내 머리를 쓰다듬고는 주방으로 들어가셨다. 잠시 후 노랗고 시원한 무언가가 무겁고 큰 잔에 담겨 나왔고, 제일 위에는 하얀 거품이 눈처럼 내려앉아 있었다. 여기는 일명 '호프집'이다. 생전 처음 먹어보는 '노가리'라는 안주는 고추장에 푹 찍어 먹으니 일품이었고 감자튀김은 어찌 그리도 바삭하던지. 목을 톡 쏘며 넘어가는 맥주는 기가 막히게 맛있고 시원했다. 두어 모금 마시면 목이 따가워 잔을 내려놓아야 했는데 아빠는 한 번에 잔을 다 비우는 개인기를 선보였다. '일명 500CC 원샷' 그리곤 성냥개비를 우물 정자로 하나하나 쌓았다. 몇 잔 마셨는지 안 헷갈리게 하는 방법이라고 했다. 난 딱 한 잔 마셨는데 기분이 좋아지고 알딸딸한 게 실실 헛웃음이 나왔다. 눈 뜨니 집이었다.

대학교 테니스코트에선 한창나이의 친구들과 후배들 그리고 아빠가 이제 막 열심히 운동을 마치고 벤치에 앉아 쉬고 있었다. 금요일 오후 시간이라 유달리 사람들이 많았고 그 시간엔 뭘 먹어도 맛있는 시간이었다. '짜장면 내기' 시합을 하기 위해 편을 가르기 시작했다. 모두 다 눈에 불을 켜고 이기기 위해 안간힘을 썼다. 아빠와 난 한 편이었고 호흡이 꽤 잘 맞는 환상의 복식조였다. 모든 게임을 다 이겼다. 돈을 얼마씩 모으고 있을 때 아빠가 날 살짝 부르셨다.

"여기 싹 다 몇 명 있노?"

"서른한 두어 명 되겠는데예."

"오늘 아빠가 쏜다. 탕수육도 몇 개 시켜라."

잠시 후 오토바이 두 대에 짜장면 서른 몇 그릇과 탕수육이 배달됐고, 우린 흙바닥에 퍼질러 앉아 입으로 들어가는지 코로 들어가는지 모를 정도로 맛있게 그릇을 싹 비웠다. 더 놀다 오라고 만 원권 몇 장 쥐여주시고 먼저 내려가시는 아빠의 뒷모습에 난 90도 배꼽 인사를 했다. 그리고 이어지는 친구들의 '엄지 척'.

추석 전이다. 밀린 외상 술값 독촉에 단골집도 못 가고 구멍가게에서 소주에 새우깡만 사서 먹었다. 다시 생각해봐도 진짜 불쌍한 시절이었다. 군 제대 이후였다. 아르바이트도 못 구하고 빌빌거리고 있을 때다. 돈도 없으면서 그렇게 술을 '쳐' 먹고 다녔다. 그래 딱 맞는 표현이지. 술은 '쳐' 먹어야 제맛이다.

술값이 꽤 많이 밀렸다. 벙어리 냉가슴 앓듯 하고 있는데 순간 떠오르는 사람이 있었다. 결코 엄마는 아니었다. 어찌 될 값에 무작정 아빠 사무실로 찾아갔다. 신문만 두 시간을 봤고 커피만 세 잔을 마셨다. 차마 술을 '쳐' 마신 그 주둥이로 아빠에게 술값을 달라고 하기엔 그 '주둥이'가 떨어지질 않았다.

"뭐 할 말 있나."

그제야 아빠는 눈치를 채셨고 난 한 치의 망설임 없이 말씀드렸다.

"돈 삼십만 원만 주이소."

뭐 하나 날아올까봐 다리가 후들거렸다.

"어디 쓸라고?"

이쯤 되면 절반 이상은 성공이다. 이실직고해야 한다. 괜히 어설프게 잔머리 굴리면 안 된다. 외상 술값이라고 말씀드렸다. 지갑에서 만 원짜리 서른 장이 시원하게 쑤욱 빠져나왔고, 그렇게 아빠는 무소유가 되셨다. 마지막 한마디 하셨다.

"엄마한테는 말하지 마라."

지금까지도 일급비밀이다. 그렇게 난 많은 '첫 경험'들을 했고 내 옆엔 아빠가 있었다. 자라면서 하고 싶다는 거 안 해 준 게 없다고 늘 말씀하신다. 100% 인정한다. 추억이 있는 사람은 외롭지 않다고 했던가. 난 추억이 많은 추억'부자'고, 낭만'부자'이며, 아빠와 난 멋진 '부자(父子)'지간이다.

2.

당신은 나에게 보호자였습니다

　마산 창동은 번화가였다. 연말이면 사람들이 많이 쏟아져 나와 문자 그대로 발 디딜 틈 없이 밀려다니고 쓸려 다녔다. 결혼기념일이 12월인 부모님은 매년 가족사진을 찍었다. 그 날도 사진 촬영 후 저녁을 먹고 집으로 돌아오는 길이었다. 요즘처럼 차가 흔하지 않았고 우린 버스 정류장에서 오들오들 떨며 버스를 기다렸다. 기다리면 안 오는 게 몇 가지 있는데 택시와 버스가 특히 더 그렇다. 연말이라 사람들은 더 많았고 날씨는 귀가 떨어져 나갈 만큼 추웠다. 드디어 한 대가 도착했는데 만원 버스가 아니라 이건 이쑤시개 버스라고 할 정도로 미어터져 나갔다. 내 나이 10살이었다. 키가 작아 천장에 손잡이는 눈에 보이지도 않았다. 그냥 두 손을 놓은 채로 사람들 사이에 끼어 있었다. 바다 밑 해초마냥 그저 흔들리고 있을 뿐이었다. 희한하게 내 얼굴 앞엔 어른들 엉덩이가 딱 버티고 있었고 누구 하나 방귀라도 뀐다면, 난 그대로 흡입하는 장면이었다. 키가 딱 그 정도였다. 그때 갑자기 내 몸이 하늘로 붕 떠오르는 게 아닌가. 무쇠 팔 무쇠 다리 로케트 주먹을 가진 아빠가 날 들어 올린 거였다. 한 손으론 버스 손잡이를 단단히 잡고 한팔로 나를 번쩍 안았다. 버스 천장에 머리가 닿았고 어른들의 머리꼭지가 다 보였다. 공기도 상쾌했고 기분은 하늘을 날고 있었다. 아빠의 팔뚝은 힘줄이 툭툭 튀어나와 굵고 단단해 보였다. 다음날 아빠의 팔에는 파스가 여러 장 붙어 있었다.

추운 겨울 석유 난로에 넣을 등유를 사러 가는 심부름이 가장 싫었다. 막내인 나는 일명 '쫌밥'이 딸린다는 이유로 기름통은 항상 내 차지였고 아랫목은 형 차지였다. 우리 집은 마산의 랜드마크인 '인터내셔널 오일 스테이션' 즉 '국제주유소' 바로 옆에 있었다. 추운 겨울 맨발에 내복만 입고 있다가 기름이 다 떨어질 때쯤이면 퀴퀴한 냄새가 났다. 그러면 난 자동으로 창고로 가서 플라스틱으로 된 기름통을 들고 주유소로 갔다. 천 원짜리 두 장을 쥔 채로. 거스름돈은 한 푼도 안 남았다. 돌아오면서 눈깔사탕이라도 하나 사 먹고 싶었는데 그럴 수조차 없었다. 기름통은 어찌나 무겁던지, 손은 또 왜 그리도 시리던지. 다음 생에는 꼭 장남으로 태어나야지.

그렇게 심부름을 마치면 아빠는 낡고 무릎까지 내려오는 긴 점퍼를 입고 있으시다가 내게 벗어 주셨다.

그 옷을 내가 입으면 마치 담요처럼 온몸을 둘둘 감을 수 있었다. 그 따뜻하고 포근한 느낌과 아빠의 냄새가 가득 배

어있는 그 점퍼는 너무나 좋았다. 어깨 부분에는 페인트가 약간 묻어 있었다. 엄마는 그 옷을 보실 때마다 내다 버린다고 으름장을 놓으셨다. 언제 어떻게 없어졌는지 모를 그 점퍼는 내게는 갑옷이었고 방탄복이었다. 시린 발을 난롯불에 비비면서 아빠가 주시는 군밤을 먹으면 춥고 긴 겨울밤은 금방 지나가 버렸다. 그 옷을 찾을 수만 있다면 아빠라고 생각하고 딱 한 번만 내 가슴에 꼭 껴안아보고 싶다.

어느새 형과 나는 코 밑에 수염이 조금씩 자라고 있었고 헤어스타일은 짧게 자른 '스포츠'형이었다. 정확히 기억할 수 있다. 그 토요일 오전을. 수술 동의서에 보호자란에 아빠는 이름과 사인을 적었다. 간단히 피 검사를 하고 형이 먼저 수술대에 누웠다. 그다음은 내 차례였다. 춥고 긴장되어 손발은 차가웠고, 손가락은 가볍게 떨리고 있었다. 형의 온기가 남아 있는 수술대에 누웠고 바지를 내렸다. 그리고 눈을 감았고 작은 커튼으로 가슴 아랫부분을 가렸다. 제발 간호사가 빨리 나갔으면 했는데 수술이 끝날 때까지 안 나가고 의사 옆에서 낄낄거리며 웃고 있었다. 진짜 쪽팔렸다. 의사들끼리 주고받는 농담도 들렸고 간호사의 목소리도 들렸다. 목욕탕에 갔는데 덩치는 집채만 한 외국인이 탕 안에 앉아 있다가 일어났는데 거시기가 번데기만 하니 어쩌니 하고 실없는 농담을 주고받았다. 난 누워있으면서도 피식 웃었다. 그다지 아프지 않아서 웃을 수 있는 여유가 있었는지도 모르겠다. 따끔한 주삿바늘이 살을 파고 들었고 그렇게 30분 정도가 지났다. 일어나니 붕대가 칭칭 감겨 있었고 바지를 겨우 올려 옷을 입었다. 말 그대로 '엉거주춤'이란 말 이외엔 그 자세를 표현할 방법이 없다. 그렇게 엉덩이를 쭉 빼고 새색시 같은 걸음걸이로 수술실을 나왔다. 아빠의 차를 타고 집에 오니 엄마는 빙글빙글 웃으면서 놀려댔고 형과 나는 방안에 누워 무슨 전쟁이라도 치른 모양으로 수술실에서의 이야기를 하고 있었다. 엄마의 지극정성인 보살핌으로 난 빠른 속도로 회복했고 일주일 뒤 다시 병원으로 갔다. 실밥을 풀고 다시 붕대를 감았다. 오후에 '007 영화'를 보러 간다니 의사가 고개를 갸우뚱하며 가지 말란다. 이유인즉슨 이번 007 본드걸이 예쁘고 엄청 섹시하단다. 그게 뭐 어때서, 그래서 어쩌라고. 나중에 영화 보러 가서 형과 나는 눈물 날 정도로 후회했다. 그 이유를 남자들은 잘 알 거로 생각한다.

아빠는 나의 '보호자'였다. 수술 동의서를 작성하다 보면 보호자 서명란이 있는데 여기에 보호자가 사인하지 않으면 수술을 할 수 없다. 나는 이렇듯 보이지 않는 아빠의 보호막에 싸여 잘 자랄 수 있었다. 가끔 어른들은 그 보호막을 '아빠의 그늘, 아빠의 우산'이라고 표현하기도 한다. 나이가 들면서 그 보호막은 점점 옅어지고 얇아졌고 알을 조금씩 깨고 나오듯 세상을 난 조금씩 배우고 있었다. 그것이 아빠와의 거리가 멀어지고 함께하는 시간이 줄어든다는 것임을 느끼지 못한 채.

3.

당신은 나에게 존경의 대상이었습니다

존경(尊敬): 남의 인격, 사상, 행위를 받들어 공경함

학창시절 존경하는 사람을 쓰라고 하면 누구나 한 번쯤은 세종대왕, 이순신 장군, 강감찬 장군 등을 떠올린 적이 있을 것이다. 그런데 내겐 아빠라고 쓰기엔 뭔가 좀 부족한 것 같고 모자란 느낌이 있었다.

하지만 요즘 들어 위인들은 몇백 년 전 과거의 인물이다. 직접 보지도 않았고 단지 기록만으로 존경하기엔 오히려 그분들이 부족하다고 생각된다. 아빠를 존경하게 된 사연을 소개할 테니 판단은 알아서 하시기 바란다. 누가 뭐래도 난 아빠를 존경하니까.

키가 어느 정도 자라서 어른 자전거를 탈 수 있었다. 몇 달을 졸라대어 자전거를 샀다. 위험하다고 한사코 안 사주시던 아빠를 설득하여 어시장 근처에서 한 대 내렸다. 재산목록 1호이자 내 보물이었다. 번쩍번쩍할 정도로 매일 닦고 또 닦았다. 평온한 일요일 오후 난 드라이브를 즐기고 있었

고 동네 골목골목을 누비며 혹시 누구라도 부러움의 눈길로 자전거를 봐주길 내심 기대하고 있었다. 사고가 터진 건 그때였다. 좁은 골목길 모퉁이를 도는데 난 혹시나 싶어 자전거를 세웠다. 그 순간 딱 자전거 손잡이 높이의 키를 가진 아이가 뛰어나와 얼굴을 자전거 핸들에 그대로 부딪혀버렸다. 그렇게 많은 피가 얼굴에서 나는 건 생전 처음이라 얼른 내려 손으로 상처를 틀어막았고 그 아이는 목이 터지라 울어댔다. 그 집 부모가 나왔고 난 그대로 멱살을 잡혔다. 아이는 얼굴이며 옷이며 피범벅이었고, 내 손에도 끈적끈적한 액체가 흐르고 있었다. 그 애 아빠는 나를 한 대 후려칠 기세였다. 난 울먹였다. 내 잘못이 아니라고 울었다. 집이 어디냐고 다그쳤고 아빠를 모셔 오라고 했다. 어린 나이에 무서웠다. 자전거를 빼앗겼다.

그 순간 이런 생각을 했다. '자전거를 포기하고 도망가 버리자', '아니다. 아이가 다쳤으니 병원으로 가야 한다. 우리 아빠가 해결할 수 있을 것이다' 머리는 복잡했지만 이미 내 다리는 집으로 향하고 있었다. 무슨 큰 죄인처럼 고개를 푹 숙인 채 나는 TV를 보고 계신 엄마, 아빠께 자초지종을 이야기하니 엄마는 먼저 내 손에 묻은 피를 닦아 주셨고 난 그제야 펑펑 울음을 터뜨렸다. 따뜻한 물수건으로 내 손을 닦아 주시는 엄마의 손길은 놀란 내 가슴을 진정시켜주기에 충분했다. 뭐라고 큰 야단을 치실 거라고 생각했는데 오히려 "많이 놀랬제? 괜찮다. 어디고 한번 가보자." 하시는 아빠의 얼굴은 날 안심시키려는 듯 그 어느 때보다 평온했고 차분했다. 길 건너 그 집에 도착했고 그 아이는 수건으로 눈두덩이의 상처를 누르고 있었다.

"아이고 죄송합니다. 애들이 놀다 보면 그럴 수도 있지예."

아빠는 정중히 사과하셨고, 난 그 옆에 붙어 서서 두 손을 모으고 머리를 푹 숙이고 있었는데 그때까지도 난 잘못이 없다고 생각했고 지금도 그 생각은 변함이 없다. 단지 나 때문에 아빠가 다른 사람에게 머리를 조아리고 굽실거리는 것이 싫었던 기억은 생생하다.

그 뒤로는 일이 일사천리로 진행되었다. 택시를 탔고 어느 병원 응급실로 갔다. 도착하니 의사와 간호사 몇 명이 나와 아빠에게 먼저 인사를 했고 걱정하지 마시라는 눈빛을 건넸다. 다행히 상처는 크지 않았고 간단히 몇 바늘 꿰매고 붕대를 붙이는 거로 치료는 끝났다. 집에 올 때는 병원차를 얻어 타고 왔다.

그 집에 아이를 바래다주었고 그 아이 아빠는 고맙다고 '내 아빠'에게 인사를 했다. 나중에 상처 덧나면 끝까지 책임지겠다고 아빠는 말했고 그제야 '피 묻은' 자전거를 돌려받아 집으로 돌아왔다. 돌아오는 길에 난 자전거를 끌고 왔고 아빠와 속도를 맞추며 걸었다. 또 가슴이 벅차 왔다. 아까는 놀라서 울었지만, 지금은 아빠의 존재가 든든했고 고마워서

였다. 아까 병원 응급실에서 의사가 먼저 와서 꾸벅 인사하는 게 생각났고 간호사들도 극진히 아빠를 대하는 게 생각났다. 병원 구급차는 또 웬 말인가. 처음 겪는 사고를 척척 해결해 주시는 아빠가 완전히 다르게 보였다. 후광이 나는 것 같았고 슈퍼맨 같았다. 그래서 아빠의 손을 잡고 싶었다. 고맙다고 말하고 싶었다. 멋있었다고 말하고 싶었다. 하지만 내 입을 떨어지지 않았고 묵묵히 걷기만 했다. 잠시 후 도착한 집에는 엄마가 따뜻한 감자를 삶아 놓고 기다리고 있었다.

아빠는 그 당시 회사원이었고, 정확히 어떤 일을 하셨는지는 철이 들고 한참 후에 알게 되었다. 한국 자동차 보험이라는 회사였는데 그 당시 우리나라에서는 자동차 보험 관련 유일한 회사였다. 그래서 맨날 바쁘셨고, 멀리 다른 지역으로 장기출장도 잦은 편이었다. 교육을 받으러 가면 항상 우수한 성적으로 상을 받으셨고 집에는 그렇게 받은 벽시계며 상장이 가득했다. 남들한테 질 이유가 없다며 나에게도 뭐든 열심히 하라고 가르치셨고 남들과 똑같이 해서는 이길 수 없다는 것도 알려주셨다. 영어도 잘하셔서 중학교 때 영어는 아빠에게 과외를 받았다. 덕분에 난 영어 시험을 치면 거의 만점을 받았고 영어 말하기 대회에 참가하기도 했다. 그 시절 대학까지 나온 아빠는 동네를 대표하는 일명 '가방끈'이셨고 매일 아침 근사한 양복을 쫙 빼입고 출근하시는 아빠는 동네 아줌마들로부터 멋쟁이로 통했다. 마산 시내의 골목골목 맛있는 집을 다 꿰고 있었고, 가는 곳마다 가게 사장님들과는 친분이 두터워 보였다. 이런 아빠를 엄마는 눈을 흘기며 싫은 내색을 보였다. 왜 그런지는 몰랐다. 그거는 두 분이 알아서 해결하실 일이고, 아무튼 난 이런 아빠가 자랑스러웠고 존경스러웠다. 나중에 크면 아빠 같은 사람이 되리라 다짐했고 내 마음속의 세종대왕, 이순신 장군 등은 점점 인기를 잃어가고 있었다.

요즘 들어 '존경'이라는 단어에 대해 다시 생각해보았다. 인기 연예인과 아이돌 스타를 우상처럼 생각하는 청소년들이 많다. 그들의 부모들도 공연 티켓을 구한다고 밤을 새운다. 심지어 콘서트장까지 데려다주고 기다렸다 데려오는 경우도 보았다. 그 친구들을 욕하거나 흉볼 생각은 눈곱만큼도 없다. 단지 부모자식 간의 정을 그렇게 나눈다 하니 뭐 어쩌겠는가? 조금 안타까울 뿐이지. 유명 인사들도 청문회를 거치면 너덜너덜해지고 본인이나 가족들이 치부가 다 드러난다. 그러고 보면 지금 우리 사회에 존경할 만한 인물이 딱히 없긴 없는 모양이다. 반면 대부분의 우리 아빠들은 어떠한가. 그저 가족을 위해, 자식들을 위해 열심히 살고 있지 않은가. 존경할 인물들이 그리 없는가. 그렇다면 한 번쯤은 어린 시절로 돌아가 그 따뜻했던 아빠의 품을 떠올려 보는 건 어떨까.

4.
나는 당신에게 무엇입니까

  그의 태몽은 초록색 대추였다. 윤기가 좌르르 흐르는 초
록의 대추가 바구니 한가득 채워져 있었다고 했다. 이름은
태어나기 전부터 정해져 있었다. 할매가 어느 절에 가서 형
이름을 받아왔기에 그다음에 태어나는 아들 이름은 자동
으로 아빠가 정해놓은 이름으로 하기로 했단다. 그놈은 씩
씩하게 잘 자랐고 아빠의 오른팔, 왼팔 노릇을 했다. 때로는
말썽도 피웠고 싸움질도 했다. 한 날은 산에서 굴러떨어져
머리에 주먹만 한 혹이 나기도 했단다. 형이 어깨를 꼭 감싸
안고 집에 데리고 왔다고 엄마는 회상하는데 그는 전혀 기
억이 없다. 알토란같은 자식이 깨지고 박살이 나 피 흘리며
들어 왔는데 어느 부모인들 속이 숯처럼 타들어 가지 않았을
까. 지금 생각해보면 안타까운 마음에 화부터 났을 것 같다.

  걷고 말을 배우면서 아빠에게 호기심 가득한 눈빛으로 이
것저것 물었을 것이고, 때론 고집도 부려 엉덩이도 많이 맞
았을 것이다. 초등학교에 입학하고 난 후 워낙 별나게 돌아
다녀 한 달에 한 켤레씩 신발을 사야 했고, 바지의 무르팍은

성할 날이 없었다. 자전거를 타고 다니면서 걱정을 많이 끼쳐드렸고 급기야 다른 집 귀한 아들 눈을 찢는 사고도 쳤다. 그놈은 열 서너 살 때까지 자다가 이불에 지도를 그리기도 했다. 중학교 가서는 공부를 꽤 잘하는 편이었고, 전교 10위권에도 몇 번 드나들었다. 착하고 바른 아이, 성실하고 공부 잘하는 아이였다.

어느 날 사춘기에 접어들었을 때다. 아빠가 감기몸살로 고생하고 있을 때 "누가 아빠보고 아프라고 했습니까?" 라는 망발을 했다. 나쁜 놈. 그래도 아빠는 묵묵히 고개만 떨구었다. 포경수술을 시켜 주셨고, 대학을 보내주셨다. 군입대 할 때 차를 태워 주었고 제대할 때는 같이 울어주셨다. 첫 직장 들어갈 때는 축하주를 사 주셨고, 가게를 오픈했을 때는 친구, 동창분들을 모두 데려오셨다. 결혼식 날 기분이 좋아 거나하게 취하셔서 친척들 앞에서 춤을 추었고 손자가 태어난 날 밤새 곁에서 지켜 주었다.

할매가 돌아가시던 날 처음으로 눈물을 보여주었다. 젊은 아들이 술에 취해 비틀거리고 냄새 풀풀 풍기는 모습을 처음 보았을 때는 어땠을까. 취업이 안 되어 빌빌거리고 속 썩일 때는 어떠했을까. 방금도 전화가 왔다. 통장에 무슨 돈을 그렇게 많이 보냈냐고. 고작 20만 원인데. 자꾸 고맙다고 하신다. 자꾸만. 그리고 미안하다고 하신다. 전화를 받는데 목이 메었다. 빨리 끊어 버렸다. 그놈은 눈물이 많다. 울보다. 그놈 이름은 '박현철'이다. 태어나기도 전에 아빠가 지어주신 고귀하고도 고귀한 이름이다. 난 내 이름이 좋다. 흔해빠지긴 했지만, 우리 아빠에겐 단 하나뿐인 아들 이름이다.

살모사는 맹독성을 가진 뱀이다. 죽일 사(死), 어미 모(母), 뱀 사(蛇)가 합쳐진 이름이다. 다른 뱀들과 달리 새끼가 배 속에서 부화한 다음 새끼를 낳기 때문에 어미가 지쳐 쓰러져 있는 모습이 새끼가 태어나면서 어미를 죽이는 것 같다고 하여 어미를 죽이는 뱀이라는 이름을 얻었다고 한다. 우리네 삶이 살모사와 뭐가 다를까. 아이돌 콘서트로, 스마트폰으로, 피시방 게임으로 애미, 애비를 지쳐 쓰러지게 하고 있는 건 아닌지 돌아볼 일이다.

이제 한번 물어보고 싶다. '나는 당신에게 무엇입니까?'라고. 도대체 내가 무엇이기에, 어떤 존재이기에, 어떤 의미이기에 그렇게 아껴주고 감싸주고 다 덮어주는지를. 어찌 그리 묵묵히 참아주고 기다려주셨는지를. 주는 것 없이 모든 걸 빼앗아 가는데도 그저 내주고 또 내주고도 더 못 주어 미안하다 하시는지를. 과연 나는 당신에게 무엇입니까? 나는 당신에게 무엇입니까? 도대체 나는 당신에게 무엇입니까? 오늘은 손주 바라기인 아빠에게 먼저 전화를 해야겠다. 아들놈 시켜서.

5.
당신이 있어 행복합니다

거지꼴이었다. 거지 중에서도 상거지였다. 하얀 티셔츠는 땀으로 범벅이 되어 있었고, 학교 운동복은 무릎이 튀어나왔고 심지어 한쪽은 구멍이 나 있었다. 신발은 꼬질꼬질 때가 끼어 더러웠다. 그렇게 7명이 줄줄이 철길을 따라 걸었다. 동네 골목대장이었던 나는 학교를 마치고 매일 그렇듯이 꼬마 녀석들을 모아 숨바꼭질이며, 제기차기, 진 놀이 등을 했는데 뭔가 특별한 경험을 하고 싶었고 모험을 하고 싶었다.

그래서 집 바로 뒤에 있는 철길을 따라 마산역까지 가보기로 했다. 기차가 멀리서 오면 철길 위에 돌도 놓고 못도 놓았다. 차장 아저씨가 우릴 보고 고함을 질렀는데 기차 소리에 묻혀 전혀 들리지 않았다. 입 모양을 보니 욕을 하는 것 같았다. 기차가 지나가면 돌은 산산조각이 나서 가루가 되어 있었고 못은 오징어처럼 납작하게 되어서 그 끝을 갈면 훌륭한 단도가 된다.

그렇게 삼십 분 정도를 걸었을까. 일명 구름다리가 나왔다. 밑이 뻥 뚫려있는 철길이었는데 어지간한 용기로는 건너기 어려웠고 그 길이 또한 만만치 않았다. 어떻게 할까 잠시 고민을 했지만, 뒤에 있는 동생들의 시선이 느껴져 어쩔 수 없이 한 발 내디뎠다. 아래로 보이는 석전시장의 파라솔들이 어찌 그리 멀게 보이던지 족히 20미터는 되는 높이였다.

　그때 몇 명의 우리 또래들이 반대편에서 후다닥 뛰어오는 게 아닌가. 우린 신기함과 부러움의 눈으로 쳐다보았다. 그들은 철도파였고 그 동네에 사는 애들이었다. 맨날 구름다리에서 놀고, 잡기 놀이를 한다고 소문만 들었는데 직접 보니 가관이었다. 우리도 용기를 내어 한발씩 걸어나갔고, 뒤를 돌아보니 구름다리 중간 정도까지 나와 있었다. 그런데 한 놈이 기차가 지나갈 때까지 비상 대피용 난간에 있어 보자고 했다. 겁은 났지만, 사나이 자존심에 무서워서 싫다고 할 수도 없는 노릇이었다. 세 명씩 손을 잡고 옆 난간으로 조심스레 걸어나갔다.

　드디어 저 멀리서 기차가 나타났고 내 가슴은 기차가 덜컹거리는 만큼이나 쿵쾅거리고 있었다. 우리 일행을 발견한 기차의 차장 아저씨는 미친 듯이 기적을 울렸고 손으로 그리고 입으로 분명히 욕을 하고 있었다.

　"야 이 미친놈들아, 여기가 어디라고 왔냐. 죽으려고 환장했냐." 계속 입이 튀어나왔다 들어갔다 했고, 손가락으로 우릴 가리키며 삿대질을 해댔다. 기차가 코앞을 지나갈 때 난간은 심하게 흔들렸고 우린 있는 힘껏 손을 맞잡고 있었다. 어른이 된 지금도 생각하면 아찔해서 다리가 후들거린다. 철길에 깔려 있는 버팀목의 간격은 그리 넓지는 않았지만, 발 크기가 작은 그때의 나에겐 아슬아슬했고 빠지면 떨어질 거란 생각에 더욱 몸은 굳었다. 겨우겨우 구름다리를 건넌 우리들은 무슨 큰일이라도 한 것처럼 들떠 있었고 발걸음은 훨씬 가벼웠다. 긴장이 풀린 탓인지 배가 고파왔다. 마산역에 도착했을 때 땀은 이마를 타고 줄줄 흘러내렸고, 다들 지쳐서 땅만 쳐다보고 걸었다. 돈은 한 푼 없었고 물 한 모금 마실 곳조차 없었다. 걸어온 만큼을 고스란히 다시 되돌아가야 하는데, 눈앞이 캄캄했다. 다들 한숨만 푹푹 쉬고 있었다.

그때 길 건너편에 건물 하나가 눈에 들어왔고 난 그 건물에 한번 가본 적이 있었다. 바로 아빠의 회사가 있는 건물이었다. 체면이고 뭐고 다 필요 없었다. 건물 1층에 도착하니 경비아저씨의 태클이 들어왔다. 어디서 거지 같은 놈들이 우르르 들어오니 딱 막아서는 것이었다. 어디에 가냐고 물었다. 우리 아빠한테 간다고 했다. 의심 가득한 눈빛으로 위아래를 훑어보더니 아빠 이름을 물었다. 그러고 나서야 나 혼자만 올라갈 수 있었다. 2층이 사무실이었고 들어서니 많은 사람들이 열심히 일하느라 내가 들어선지도 모르고 있었다. 중간 정도 들어섰을 때 어떤 아저씨가 나를 발견했고 자기 쪽으로 오라고 손짓을 했다. 예전에 우리 집에 온 아저씨였고 안면이 있었다. 어쩐 일로 여기까지 왔냐고 해서 그냥 근처에 놀러 왔다고 둘러댔다. 아빠는 출장 나가셨다고 했다. 이를 어쩌나 하고 생각하다가 어디서 그런 용기가 났는지 모르겠지만 난 무턱대고 그 아저씨께 용돈 좀 달라고 했다. 그러자 선뜻 천원 지폐 두 장을 주시는 게 아닌가. 그 당시 새우 과자가 100원이었다. 지금 생각해보니 그분은 당시 이 대리로 불렸던 것 같다. '다시 인사드립니다. 이 대리님 고맙습니다'

자 이제 1층에서 나만 믿고 기다리는 '동네 꼬마 녀석들'에게 달려가는 일만 남았다. 계단을 두 칸씩 뛰어 내려갔다. 경비 아저씨께 인사를 하고 우린 슈퍼로 달려갔다. 그때는 구멍가게를 슈퍼라고 불렀다. 제대로 한 턱 쏘는 날이었다. 풍선껌, 아이스크림, 과자 등을 가진 돈대로 다 샀고 우린 그걸 들고 먹으면서 의기양양하게 집으로 향했다. 이쯤 되면 난 이미 영웅이었다. 어둑어둑 해가 질 무렵이었다. 골목에 들어서니 밥 짓는 냄새가 우릴 반겼고 그렇게 우린 내일을 약속하며 각자의 집으로 들어갔다. 낮에 있었던 일을 엄마에게 자랑삼아 늘어놓았다. 그날 난 두 번 죽을 뻔했다. 구름다리에서 무서워 죽을 뻔했고, 엄마한테 맞아 죽을 뻔했다. 아빠는 저녁 늦게 들어오셨고 난 눈치를 살폈다.

"낮에 회사에 왔다 갔다면서?"

"네." 하면서 난 무의식적으로 엄마를 쳐다봤고 역시 엄마는 내 예상대로 눈을 흘기고 있었다.

"조심해서 다녀라, 이 대리가 얼마 주더노?" 이 대목에서 엄마한테 또 한 대 얼어맞았다.

아마 그 이천 원은 다음 날 아빠가 갚았을 거라 생각된다. 아빠는 생선을 좋아하신다. 민물장어구이를 좋아하신다. 매운탕을 드실 때는 기가 막힌다. 입안에 무슨 기계라도 있는지 뼈만 완벽하게 빠져나온다. 그러다가 목에 생선 가시가 걸려 병원도 몇 번 가셨다.

목욕 후에 마시는 시원한 맥주를 좋아하신다. 쇠고기 전골, 잉어회, 전복, 멍게를 좋아하신다. 또, 등산을 좋아하시고 꽃을 좋아하신다. 그리고 그 무엇보다도 나를 좋아하신다.

어릴 때 아빠랑 같이 자면 아빠 숨 쉬는 소리에 맞춰 숨을 따라 쉬면서 잠이 들었고 밥을 먹을 땐 아빠가 먹는 반찬을 똑같이 따라 먹었다. 지금 내 아들도 그렇게 하고 있을까. 팔베개를 해주면 내게 귓속말로 "아빠 안녕히 주무세요." 라고 하는 아들의 인사가 어찌 그리 달콤하고 좋은지.

"아빠, 아빠 우리 아빠 안녕히 주무세요."

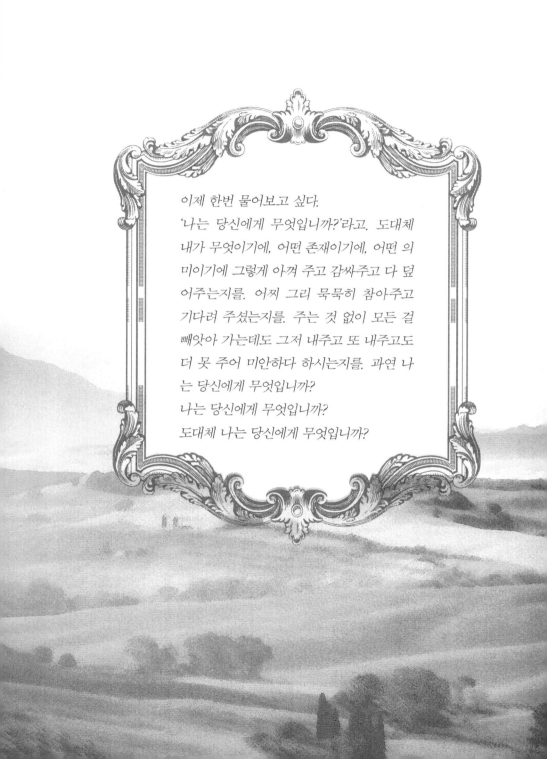

이제 한번 물어보고 싶다.

'나는 당신에게 무엇입니까?'라고. 도대체
내가 무엇이기에, 어떤 존재이기에, 어떤 의
미이기에 그렇게 아껴 주고 감싸주고 다 덮
어주는지를. 어찌 그리 묵묵히 참아주고
기다려 주셨는지를. 주는 것 없이 모든 걸
빼앗아 가는데도 그저 내주고 또 내주고도
더 못 주어 미안하다 하시는지를. 과연 나
는 당신에게 무엇입니까?

나는 당신에게 무엇입니까?

도대체 나는 당신에게 무엇입니까?

제2장

내 삶의 버팀목

1.

평생을 기다리는 당신 (엄마 이야기)

엄마는 늘 기다리신다. 내가 배 속에 있을 때부터 지금까지도. 대학 시절 나는 테니스에 미쳐 있었다. 그러다 술에 미치기 시작했고, 친구에 미치기 시작했다. 수업을 마치고 어김없이 동아리방에 모였고 테니스코트에 모였다. 약속이나 한 것처럼 우린 거의 매일 만났다. 여기서 우리란 내 동기들을 말한다. 전공은 달랐지만, 특기는 모두 다 테니스였다. 실력과는 상관없이 자기소개서에 특기는 모두 테니스로 적었다. 거의 매일 어두워서 공이 안 보일 때까지 운동을 했다. 그리고 뒤풀이라는 근사한 이름하에 우린 단골 호프집으로 향했다. 주인아줌마는 또 어찌나 상냥하고 친절하던지. 돈은 어떻게 계산했는지 정확히 기억은 안 나지만 술값을 내기 위해 주말에 막노동을 했고, 자동차 도장 라인에 기어들어가 청소도 했다. 외상값을 갚는 날은 잔치 날이었다. 지갑은 두둑했고, 우린 뭉쳤으며, 안주는 푸짐했다. 마지막 코스는 다시 동아리방으로 향한다. 양손엔 소주와 새우깡, 컵라면 등이 들려 있었고, 그 자린 아주 푸짐하고 맛있는 3차

자리였다. 주량이 얼마나 되는지도 모르고 마시다가 잠들었다. 군대가 우리들을 잠시 갈라놓았지만, 제대 이후 더욱 가까워졌다. 외박이 잦아졌고 일주일에 2~3일씩 집에 안 들어가는 건 예사였다. 학교랑 집은 자전거로 약 15분 정도의 거리였다. 술을 마신 날 막차가 끊어지고 걸어간다면 50분은 족히 걸렸다. 그래서 더 가기 싫었고 친구들과 헤어지기는 더더욱 싫었다. 밤새 개똥철학을 이야기했다. 첫사랑 이야기를 했고 첫 키스 이야기를 했다.

그래 난 삐삐세대다. 누구나 허리춤에 하나씩 가지고 있었다. 마치 지금의 핸드폰처럼 말이다. 공중전화 부스 앞에 길게 늘어선 줄이 장관이었다. 어김없이 몇 시 어디서 만나자고 친구들에게 삐삐로 음성을 남기고 술자리에 있던 어느 날 눈에 익은 번호가 찍혔다. 집이었다.

첨엔 무시하고 '부어라, 마셔라' 손목운동을 계속해댔다. 2차 자리로 옮기는 중에 또다시 삐삐라는 놈이 소리를 울려댔다. 눈에 띄는 공중전화로 가서 번호를 눌렀다. "어디고?" 엄마의 목소리는 화가 나 있었다.

"학교 앞인데 딱 한 잔만 더 먹고 갈게요."

"지금 몇 신지 아나? 빨리 들어 온나."

"예, 알겠습니다."

그 후로 얼마나 지났는지 모르겠다. 또다시 삐삐가 왔다. 역시 집이었다. 무슨 일이라도 있나 생각하며 전화를 찾았다.

"야이 미친놈아 지금 몇 시고. 올 때까지 기다릴 거니까 알아서 해라."

뚜~~~ 전화는 끊어졌고 그 자리에 한동안 가만히 서서 움직이지 못했다. 반항심이 생기기 시작했다. 이미 처음 술자리 때부터 안 들어가기로 맘먹고 있었는데 난 그저 성의 없이 '집에 간다'는 말을 입버릇처럼 내뱉고 있었다. 동아리 방에서 친구들과 시원하게 퍼먹고, 그 다음 날 수업도 못 들어갔다. 그리고 저녁이 되었다. 집에 가기가 두려워졌다. 혼나야 하는 상황이 상상이 되고 잔소리와 함께 온갖 구박을 들을 생각을 하니 발길이 안 떨어졌다. 이제는 연락조차도 없다. 차라리 속 편했다. 태어나서 처음 엄마에게 반항한 내 자신이 대견하기까지 했다. 여태껏 나는 착한 아들이었고 모범생이었고 동네에선 엄마의 자존심이었다.

제일 친한 친구가 "그래도 네가 그러면 안 된다." 하며 택시비를 쥐여주었다. 외박 3일째다. 대문 벨까지 손이 가는 속도가 어찌 그리도 더디던지. '한번 죽지 두 번 죽냐. 에라, 모르겠다'는 심정으로 벨을 눌렀다.

"누구세요?"

"접니다. 철입니다."

철컥하고 문이 열렸고 난 조심스레 눈치 보며 신발을 벗었다. 그때 차라리 뺨이라도 시원하게 한 대 맞았으면, 등짝이라도 한 대 때려 주셨으면 맘은 홀가분했을 텐데. 마치 똥

파리 한 마리 쳐다보는 듯한 엄마의 눈빛은 모든 걸 포기한 것처럼 보였고 발걸음은 힘이 하나도 없었다.

내 특유의 넉살을 부렸지만, 이번엔 손톱도 안 들어갔다. 식탁 위엔 밥과 국이 놓였다. 난 밥을 '쳐' 먹었다. 그래 '쳐' 먹었다는 표현이 딱 들어맞지. 엄마는 방에서 안 나오셨고 나도 다 '쳐' 먹고 내 방으로 기어들어가 잠이 들었다. 두어 시간 지났을까. 태어나서 그런 대성통곡을 들어본 적이 없었다. 소주병과 잔만 보였고 안주는 없었다. 엄마였다. 식탁에 홀로 앉아 펑펑 우시면서 그 쓰디쓴 소주를 비우고 계셨다. 그것도 반병 정도를 말이다. 난 마주 앉았고 다시는 외박을 안 하겠다고 다짐을 했다. 나를 기다리시던 그 날 좀 있다 간다는 아들 말을 철썩같이 믿고 밤을 꼬박 새우셨다 했다. 온다고 했으니 기다렸다고 하셨다. 지금처럼 소주를 드시면서. 덤덤히 말씀하신다. 그 날 이후 널 버렸다고.

20년 후. 김해공항 국제선 도착하는 곳이다. 전광판에 항공사 이름과 출발하는 국가명이 현란하게 신호를 보내고 있다. 난 형님과 함께 후쿠오카발 대한항공편 비행기의 도착 시간을 확인하느라 눈을 분주히 움직였다. 먼저 확인한 형이 어깨를 툭 치며 손가락으로 가리켰다. 도착 시간이 30분 지났고 '지연'이라는 단어가 계속 눈에 거슬렸다. 초조해지기 시작했다. 다른 비행기들이 도착해서 출구로 사람들이 쏟아져 나왔다. 당연히 아닌 줄 알면서도 일일이 얼굴을 확인했다. 만남의 풍경은 언제나 정겹다. 남편을 마중 나온 아내도 있었고 친구들이며, 친척들 마중 나온 무리들도 있었다. 드디어 '도착'이라는 초록색 불이 들어왔고 형과 나는 안도의 눈빛을 교환했다. 그런데 그때부터 내 심장이 터져 나갈 것처럼 뛰기 시작했다. 뭔지 모르겠다. 눈앞이 흐려졌고 전광판이 아른거렸다. 뜨거운 액체가 눈에서 흘러내렸다.

내 대학 시절 바람난 들개처럼(아버지 표현이다) 밤늦게 쏘다니고 외박을 하는 동안 우리 엄마는 이런 심정으로 날 기다린 것이었을까? 수십 배는 걱정을 더 하셨으리라. 또한 배신감은 어쩔 것이며. 난 그날 공항에서 지난 세월을 참회하고 있었다. 너무 죄스러웠고 미안했고 또 미안했다. 눈물을 닦지 않았다. 엄마를 기다리게 한 죄를 난 스스로 용서받고 싶어 계속 울었다. 수백 명의 얼굴들이 지나갔지만 단 한 번에 내 엄마를 알아볼 수 있었고 먼저 다가가 "엄마!"라고 소리쳤다. 그렇게 우린 다시 만났고 그 자리에서 난 엄마를 끌어안고 남은 눈물을 다 쏟아내었다.

"이 아가 와 아리노? 와 울고 지랄이고. 보일러는 켜고 잤나? 가스 불은 끄고 나왔나?"

"문은 잘 잠갔나?"

이렇게 보자마자 또 잔소리를 늘어놓으신다. 그리고 돌아오는 차 안에서 난 여고생을 보았다. 재잘재잘 조잘조잘 수학 여행 갔다 온 것처럼 좋아하시는 우리 엄마였다.

차로 30분 거리에 본가가 있다. 마음만 먹으면 갈 수 있어서인지 자주 못 찾아뵙는다. 지난주 엄마는 스마트 폰을 사셨다. 자꾸 전화를 하신다. 얼마나 갑갑하실까. 그 심정 잘아는 바라 상세히 말씀드렸다. 10분 뒤 또 전화가 왔다. '카톡'을 깔아 달라고 하신다. 이번 주말엔 손자, 손녀, 며느리총출동이다. 엄마는 또 기다리신다.

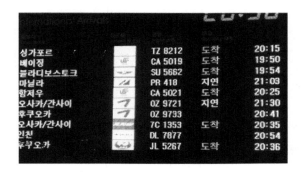

2.

아빠가 아버지 되던 날

　매일 아침 일어나 마당에 있는 분재에 물을 주시는 아빠를 난 옆에서 지켜보고 있었다. 어느 날이었다. "아들, 아빠랑 권투 한번 하자." 라고 말씀하시며 내게 다가오시는 아빠를 보고, 난 '씩' 웃으며 양손을 움켜쥐고 방어 자세를 취했다. 그 당시 유명한 권투선수 박종팔을 떠올리며 몸을 좌우로 흔들고 스텝을 뛰었다. 내 팔에 닿은 아빠의 주먹은 무쇠 팔처럼 느껴졌고 장난인 줄 알고 있었지만, 슬슬 오기가 생겼다. 물고 있던 칫솔을 더 꽉 깨물고 같이 팔을 뻗었지만 이제 겨우 12살인 나에겐 역부족이었다. 그러다 강력한 왼손 혹을 아빠 옆구리에 온 힘을 다해 던졌는데 '억' 하는 비명과 함께 앞으로 주저앉으시는 게 아닌가.

　한참을 가만히 계셨고 난 뭔가 잘못되었다 싶어 어쩔 줄 몰라 엄마를 큰 소리로 불렀다. 갑자기 호흡곤란이 왔던 것이었을까 아니면 그냥 아픈 척을 하신 것일까 순간 나는 여러 가지 생각을 했다. "아빠 괜찮습니까?" 하며 다가서는데 번쩍 나를 들어 올리시며 "우리 아들 힘 많이 세졌네." 하셨다. 그 이후 아빠와의 권투는 더 이상 할 수 없었다.

새하얀 와이셔츠를 입고 몸에 딱 붙는 멋진 정장 차림으로 매일 아침 출근하시는 아버지 모습이 선명하다. 날아갈 듯이 상쾌한 향이 옆을 스칠 때마다 내 코를 간지럽혔고 그게 아빠의 향취로 기억한다. 내 얼굴이 다 비치는 까만 승용차 뒷좌석에 앉아서 회사로 출발하시는 그는 나의 우상이었고 든든한 보호막이었고 뭐든 다해낼 수 있는 전지전능한 신이었다. 그런데 어느 날부터 그 까만 승용차는 오지 않았고 아버지의 매끈한 얼굴엔 수염이 덥수룩하게 자라고 있었다. 그때 난 고교입시를 준비하고 있었고 한창 사춘기를 앓고 있었다. 내 하늘이 무너졌고 나의 우상이 일그러졌다. 엄마는 한숨만 푹푹 쉬는 날이 많아졌고 난 직감적으로 뭔가 일이 크게 잘못되었다는 것을 알았다. 눈치만 보며 말없이 학교를 오갔고, 흐린 가을 하늘 같은 날들이 반복되었다. 이때부터 난 '아빠'를 '아버지'라고 부르기 시작했고 그렇게 두 남자의 사이는 멀어져갔다. 그 이후 내가 학교를 마치고 집에 가면 항상 아버지가 집에 계셨고 어색한 침묵이 흐르는 집이 싫어 독서실을 핑계로 집을 얼른 빠져나왔다. 얼마 후 우리는 창원에 있는 아파트로 이사했다. 무슨 돈이 있어서 이사했는지는 지금도 알 수 없다. 아직도 부모님은 그 아파트에 살고 계신다. 나의 본가인 셈이다.

이사 이후에도 줄곧 아버지는 '백수'였다. 나중에 들은 이야기로는 회사 임원과 함께 다른 회사를 차리려고 했으나 그 임원은 미국에 이민을 가버렸고 아버지만 낙동강 오리알 신세가 되었던 것이다. 엄마는 평생을 가슴 치며 안타까워하신다. 돌다리도 두드려 보고 건넜어야지 하시면서. 그래도 자라면서 돈 때문에 고생 안 시킨 부모님께 경의를 표한다. 가끔 엄마를 보면 속이 타는 냄새가 조금 나는 것 같다. 순간의 잘못된 선택으로 우리 가족이 벼랑 끝에 설 수 있었다는 생각에 아버지가 미워지기도 했다. 그래서 같이 밥상에 앉는 것도 싫었고 대화하기도 싫었다. 밤늦게 집에 들어갔는데 컴컴한 거실에서 혼자 TV를 보고 계신 아버지에게 인사도 하는 둥 마는 둥 내 방문을 쾅 닫고 들어가 버렸다. 종종 그렇게 늦은 밤 혼자이신 아버지 모습을 자주 보게 되었고 점점 무덤덤해지게 되었다.

대학 학자금 걱정에 형과 나는 교대로 군대에 갔고 제대 이후 난 조금이라도 학비를 벌고자 아르바이트를 했다. 하루는 엄마에게 우리 다른 데로 이사 가야 하는 것 아니냐고 물었고 엄마는 아직 괜찮다 걱정하지 말고 너희는 공부나 열심히 해라고 말씀하셨다. 설거지할 때 눈물을 닦는 모습을 난 뒤에서 보고만 있었다.

지금 나는 두 아이의 아빠다. 결혼 후 8년이라는 시간이 지났고 아이들은 건강하게 잘 자라 큰놈이 초등학교 입학을 했다.

입학하는 날 뭐가 그리 좋은지 아들 녀석은 들떠서 깡충 깡충 뛰며 까불어댔다. 난 속으로 '이놈아 행복 끝 불행 시작이다'라고 생각했다. 벌써 아들이 커서 소위 '학부형'이 된다는 것에 나도 약간은 설레였다. 그런데 바로 그 날 아들의 초등학교 교문에 나의 아버지 아니 '내 아빠'가 서 계신 것이 아닌가. 멋진 정장 차림으로 까만 승용차에서 내리시는 게 선명히 보였다. 그것도 내 눈에만 선명히 보였다.

아들 손을 잡고 교실로 올라가서 자리를 잡고 출석을 부르는 내내 '아빠'는 내 곁에서 항상 온화하게 웃음 지으며 고개를 끄덕여 주셨다. '그래 아들아 수고했다, 애 키운다고 고생했다. 여기까지 잘 왔고 앞으로도 잘될 거다. 현철아 자랑스럽구나'라며 따뜻한 눈빛으로 말해 주셨다. 내 아들의 첫 번째 교실에서 난 내 아빠와 함께 있었고 반가움의 눈물과 여태껏 무심하게 대했던 것에 대한 미안함의 눈물을 조용히 훔치고 있었다. 착한 아내는 내 눈물을 보고 괜스레 따라 울었다. 내가 흘린 눈물의 이유는 아무도 모를 것이다. 왜 이제야 나타나신 걸까. 나만 까마득히 잊고 지낸 걸까. 그 많은 날들 나 혼자 잘나서 까불거리고 살았던 걸까. 오늘은 '내 아빠'가 좋아하시는 물 메기탕 한 그릇 사드려야겠다.

3.

든든한 응원군

"잠시 후 시립 테니스장 3번 코트에서 남자 청년부 결승전이 진행되겠습니다."

스피커를 통해 안내 방송이 두 번 정도 반복되었다. 순간적으로 내 심장은 오그라들었고 화장실을 가고 싶은 충동을 느꼈다. 전국에 있는 동호인들이 참가하는 시합으로 규모가 상당히 큰 대회였다. 난생처음 결승전에 진출한 나는 긴장되기도 했지만 설렘이 더 컸다. 많은 관중들이 서서히 코드 뒤로 몰려들어 자리를 잡았다. 결승전이다 보니 그 날 참가자들을 포함해 같은 클럽에 소속된 회원들도 많았다. 그렇게 많은 사람들 앞에서 시합을 하다니, 그것도 결승전을. 그러나 난 긴장하지 않았다. 안면이 있는 분들께는 손을 들어 주었고 눈인사를 가볍게 했다. 드디어 선수들 출전하라는 진행 멘트가 나왔다. 난 물과 수건을 준비했고 커다란 라켓 가방을 어깨에 메고 당당하게 코트로 내려갔다. 몸을 풀면서 생각했다.

'어차피 결승전까지 왔는데 후회 없이 평소대로 공을 치자, 이기든 지든 상관없다'

이렇게 생각하니 한결 마음은 홀가분해졌고 몸은 더 가벼워졌다. 공을 하나하나 칠 때마다 관중석에서는 환호와 탄식이 섞여서 터져 나왔다. 각 클럽에서 내로라 하는 실력을 가진 사람들이 나오는 등급이 청년부였고 선수 생활 경험이 없는 순수 동호인들 중에서는 가장 높은 등급이었다. 그러니 점수 한 점 따기가 쉽지 않았고 팽팽한 접전이 펼쳐지고 있었다. 상대방은 여러 번 우승경험도 있었고 구력도 훨씬 많은 팀이었다. 또한 동호인들을 상대로 레슨을 하는 강사 출신이었다. 연습게임을 몇 번 해본 적이 있지만, 그때는 지는 횟수가 더 많았다. 그런데 그날은 공이 더 크게 보였고 더 느리게 보였다. 땀을 닦고 물을 마시며 난 파트너와 작전을 짰고 더 자신 있게 치자고 서로 격려하고 손을 마주치며 파이팅을 외쳤다.

보통 한 게임은 약 30분에서 한 시간 정도 걸린다. 물론 시간이 얼마든지 단축 또는 연장되기도 한다. 약 10분 정도 지났을 때였다. 내가 속해 있는 클럽의 율규 형님의 천둥같이 큰 목소리가 들렸다.

"현철이 파이팅 해라! 니 아부지 오셨다. 오늘 우승해야지."

난 내 귀를 의심했다. 이때까지 단 한 번도 시합 때 응원하러 오신 적이 없었다. 난 일부러 관중석을 쳐다보지 않았다. 아버지와 눈이 마주치면 울 것 같았다. 더 잘해야겠다는 생각에 힘이 들어갈 것 같았다. 시합에 더 집중했고 오로지 공만 쳐다보았다.

공이 스무 번 정도 오가며 랠리가 길어질 때쯤 찬스가 왔다. 공이 높이 떴고 내 장기인 스매싱이 빛을 발했다. 있는 힘껏 라켓을 휘둘렀고 공은 크게 튀어 상대방 뒤쪽 관중석을 훨씬 넘어 가버렸다. 다들 숨죽여 보고 있다가 긴 랠리 끝에 시원한 결정타가 나오니 한순간 "와~" 하는 함성이 박수와 함께 터져 나왔다. 바로 그때였다.

"그래 우리 아들 잘한다. 박살 내삐라. 현철이 파이팅."

아버지였다. 그렇게 큰 목소리로 내 이름을 부르고 힘을 실어 주시는 건 태어나서 처음이었다. 관중석에선 누가 누구 아버지냐고 옆에서 수근거렸다.

"저기 아래 우로 흰옷 입은 아가 내 아들입니다."

"아들 파이팅이다. 파이팅."

주변 사람들에게 자랑하는 목소리가 내 귀에도 들렸고 클럽소속 형님들도 아버지와 나와의 관계를 설명하고 있었다. 이쯤 되자 아버지는 완전히 흥분하셨고 어깨가 더욱 우쭐해지셨다. 주변에선 부러움의 시선으로 아버지와 나를 쳐다보았고 난 더 열심히 뛰어다녔다.

내가 실수라도 할 때면 "에라이 이놈아 똑바로 안칠래." 하고 다그치셨고 이길 때는 덩실덩실 춤까지 추셨다. 사실 테니스는 상대방을 존중하고 예의를 지켜야 하는 이른바 '신사운동'이다. 그래서 포인트가 나더라도 지나친 세레모니나 응원은 자제하는 것이 보통이다. 그 날 아버지는 좀 과하다 싶을 정도로 고함을 지르셨고 다른 관중들은 그 모습이 재미있다고 박장대소하기도 했다.

"내가 내 새끼 응원하는데 누가 뭐라 할 끼고." 하시며 더 큰소리를 내셨다. 어느 순간부터 신기하게도 더 이상 다른 관중들의 목소리는 들리지 않았다. 오로지 아버지의 목소리만 들렸고 그 목소리를 들을 때마다 알 수 없는 힘이 솟았다. 마치 신들린 것처럼 아버지의 목소리 장단에 맞춰 내 라켓은 춤을 추었고 내 몸은 날아다녔다.

결과는 불 보듯 뻔했다. 우리의 승리였고 내 생애 첫 우승이었다. 우리 응원석에선 난리가 났다. 연신 내 이름을 외쳐댔고 아버지를 둘러싸고 다들 축하한다고 환호성을 외쳤다. 동네 잔치였고 클럽의 경사였다. 나는 상대방 팀과 인사를 나누고 관중들의 박수를 받으며 코트를 떠났다. 응원석으로 올라왔을 때 엄마도 와 계신 것을 알아차렸다. 엄마의 눈시울은 벌겋게 상기되어 있었다. 바나나, 커피 등을 챙겨 오셨고 내가 좋아하는 크림빵도 들어 있었다. 역시 엄마는 엄마였다. 하지만 난 하나도 먹지 못했다. 한 시간 정도를 죽기 살기로 뛰어다녔으니 물 말고는 목으로 넘어가질 않았다. 엄마는 하나라도 먹어보라 하시며 못내 아쉬움을 내비치셨다.

땀에 흠뻑 젖은 옷을 갈아입고 시상식을 준비하고 있었다. 그런데 모든 클럽 사람들의 축하는 아버지 차지였다. 나에겐 어깨 한번 툭툭 쳐주고 그만인데 다들 아버지를 둘러싸고 막걸리 잔을 돌리고 있었다.

"아들 멋지게 키웠네예. 행님."

"진짜 축하합니다. 오늘 한턱 내셔야지예."

"부자지간에 어찌 그리 정도 많고 보기 좋습니꺼."

주변 사람들의 칭찬에 아버지는 기분이 좋아 여러 잔을 받으셨고 2차는 횟집으로 예약하라고 큰소리를 치셨다. 엄마는 눈을 흘기시며 "저 영감쟁이 또 저란다 또." 하셨지만 입가에는 미소를 머금고 있었다.

잠시 후 시상식이 진행되었다. 여러 등급의 시합결과 발표가 있었고 난 제일 마지막 순서였다. 내 이름이 불렸고, 단상으로 걸어나갔다. 그때였다.

"내 아들 만세! 박현철 만세!"

"저 아가 내 아들입니더. 얼마나 멋있습니꺼."

"아들 만세 잘했다 만세!"

아버지 목소리였다. 그 순간 난 창피해서 얼굴을 못 들었다. 내심 누가 좀 말려주었으면 했다. 막걸리 몇 잔 드시고 술기운이 올라왔던 것이다. 덩달아 옆에 있던 클럽회원들도 같이 만세를 외쳤고 난 빨리 그 순간이 지나가기를 원했다. 소정의 우승 상금과 부상으로 받은 전자레인지를 어깨에 둘러메고 개선장군처럼 난 집으로 향했고 아버지는 동네 분들과 한잔 더 하러 가셨다. 그 전자레인지는 빨간색인데 지금 본가에서 제 역할을 잘하고 있다.

얼마 전 아들이 다니는 태권도장에서 태권도 시범 행사를 한다고 초대장이 왔다. 금요일 저녁이라 서둘러 퇴근을 하고 도장으로 가니 벌써 많은 사람들로 발 디딜 틈조차 없을 정도였다. 겨우 한쪽에 자리를 잡고 앉았다. 얼마쯤 시간이 지나고 눈에 익은 얼굴이 나타났다. 똑같은 도복을 입었고 키도 비슷했지만 난 단 한 번에 알아볼 수 있었다. 내 아들이었다. 내 아들 진웅이었다. 품새 한 동작 한 동작 할 때마다 내 어깨에 힘이 들어갔고 격파를 할 때는 나도 같이 손을 내리치고 있었다. 내 손이 홍건하게 땀으로 젖었고 내 눈가에는 촉촉이 뭔가가 맺혀 있었다. 갓난아기 때가 엊그제 같은데 어느새 저렇게 커서 송판을 격파하고 있으니 자랑스럽고 대견했다. 당당하고 늠름했다.

"저 가운데 있는 아가 내 아들입니더. 멋지지예."

"아들 잘한다. 멋지다 박살내뿌라."

"손에 힘을 더 주고 인마. 절도 있게 팍팍 못하나."

"내 아들 만세 박진웅 만세!"

지난주 아들은 태권도 1품 심사에 합격했다.

4.

눈물의 의미

남자는 태어나서 딱 세 번만 울어야 한다고 했던가. 태어날 때, 부모가 돌아가셨을 때, 나라가 망했을 때이다. 예로부터 남자가 우는 것은 못난 일이다. 그래서인지 지금도 남자는 자기 스스로 고정관념에 사로잡혀 많은 사람들 앞에서 울지 못한다. 못 우는 것이 아니라 안 우는 것이다.

연인이 극장에서 영화를 보다가 슬픈 장면을 보고 남자가 펑펑 울었고 여자는 손수건을 건네며 말했다. "아이 쪽팔려." 그래 남자가 우는 것은 쪽팔리는 일이다.

슬퍼서도 울지만 기쁘고 좋을 때도 울고 감동받았을 때도 눈물이 난다. 한바탕 울게 되면 속이 시원해진다. 어느 신경정신과 전문의 말에 의하면 스트레스에 관련된 호르몬이 배출되어서 그렇다고 한다. 앞으로 마음껏 울고 웃을 일이다.

아버지의 눈물은 좀처럼 보기 힘들다. 남자인 데다가 아버지라는 존재의 사람들은 특히 더하다. 무슨 훈련을 받은 것도 아니고 절대 가족 앞에서 눈물을 보이는 일이 없다. 나도 마찬가지다. 사람인데 왜 눈물이 없을까마는 참고 또 참는 것이다. 도저히 안 되면 자리를 피해 숨어서 울었다. '한 가족의 가장이 눈물이나 질질 짜고 있으면 되겠는가'라는 생각이 압도적이다. 요즘 나는 시도 때도 없이 운다. 내 아내보다 더 많이 운다. 스트레스가 풀린다니 더 펑펑 운다. 하지만 혼자서 조용히 운다. 다 울고 나면 이런 생각이 문득 들었다. 과연 내 아버지는 어땠을까. 아버지가 담배를 물고 옥상으로 올라가시던 일이 이해가 됐다. 그 담배 연기에 눈물 날려 보내고 가슴으로 삼키고 소주잔에 담아서 마셨던 것이다. 이 세상 모든 아버지의 눈물을 보기 어려운 이유다.

검은 정복을 차려입고 하얀 모자를 쓰고 줄을 맞춰 우린 입장했다. 군악대가 분위기를 한껏 고조시켰다. 부모들, 형제들이 모여들어 각자 자기 아들을 찾느라 까치발을 하고 고개를 기웃거렸다. 손에는 큰 보따리와 먹을 것을 잔뜩 담은 박스들이 들려 있었다.

"지금부터 해상병 제384기 훈련소 수료식을 거행하겠습니다."

"부대 차렷! 대대장님께 대하여 경례!"

"필승!"

군기가 바짝 든 동기들 속에서 나도 정면을 주시하고 있었다. 2월의 날씨는 추웠지만 우리는 꼼짝도 하지 않고 차렷 자세를 유지하고 있었다.

"우리는 해군이다. 바다의 방패 죽어도 또 죽어도 겨레와 나라~"

해군가에 맞춰 행진했고, 오른쪽에 있는 가족들을 향해 걸어가면서 거수경례를 했다. 자기 아들을 알아보고 이름을 부르는 사람도 있었다. 이미 우린 모두의 아들이었고 자식이었다. 고생했다며 장하다며 박수를 보내주는 모두가 내 부모였다. 당당하고 씩씩하게 연병장을 한 바퀴 돌고 다시 원위치를 했다. 드디어 부모님과의 상봉시간이었다. 우리는 대열을 지키며 절대 움직이지 못했고 부모님들이 자식들을 찾아와야 했다. 똑같은 복장이 수백 명인데 그중에서 자기 아들을 찾아내기가 쉽지는 않았을 것이다. 벌써 가족을 만나 얼싸안고 볼을 비비고 손을 잡는 동기들도 있었다. 꼼짝 못하고 서서 눈동자만 좌우로 굴렸다. 제발 내 눈에도 부모님이 보이길 바라면서. 내 옆자리에 있는 동기는 어깨를 들썩거리며 훌쩍였다. 연병장은 거의 눈물바다가 되었다. 할아버지, 할머니까지 총출동한 가족도 있었고 아기를 안고 온 새색시도 있었다.

시간이 얼마나 흘렀는지 모르겠다. 눈앞에 내 가족이 나타났다. 내 아버지가, 내 엄마가, 내 형이 나타났다. 눈물이 차올라 눈 안에서 파도처럼 일렁거렸고 가족들의 얼굴도 같이 흔들렸다. 그때 아버지가 다가와 손으로 눈물을 닦아 주셨다. 세상에서 처음 느껴보는 따뜻하고 부드러운 감촉이었다. 날씨가 추워서 더 따뜻하게 느껴졌을까. 아버지의 자식을 사랑하는 마음이 뜨거워서 더 그랬을 것이다.

와락 끌어안고 등을 두드려주셨다. 어린 시절 겨울날 군밤을 먹었던 기억, 팔베개하고 잤던 포근한 기억들이 순간 떠올랐고 아버지의 품은 여전히 넓고 따뜻했다.

내가 끼고 있던 하얀 장갑을 벗고 손을 마주 잡았을 때 아버지의 눈동자는 심하게 흔들렸다. 한겨울 훈련소 생활이 만만치는 않았다. 내 손등은 군데군데 터지고 상처가 나 있었다. 거북 등 같은 손을 잡고 아버지는 고개를 끄덕이며 고생한 걸 다 안다는 눈빛을 보냈고 그 눈빛 속에 눈물이 가득 고여 있었다. 그렇게 두 남자는 뜨거운 가슴을 나누었다.

아내는 씩씩하게 분만실로 들어갔다. 난 초조한 마음에 가만히 있지 못했다. 이리저리 왔다 갔다 하는 나와는 달리 엄마는 차분히 양손을 잡고 앉아 계셨다. 얼마 후 간호사가 나를 불렀고 탯줄을 자르겠냐고 물었다. 수술복을 입고 분만실로 들어가는 내 발걸음은 긴장감이 묻어났을 것이다. 드디어 아들이 태어났고 그저 난 눈물을 줄줄 흘리며 간호사가 시키는 대로 했다. 어떻게 그 순간이 지나갔는지 모르겠다. 탯줄을 자르라니 잘랐고 손가락, 발가락을 확인하라고 해서 그랬을 뿐이다. 분만실을 나왔다. 엄마를 보는데 계속 눈물이 흘러내렸다.

왜 그랬을까. 한 번 터진 눈물은 쉽게 멈추지 않았고 난 의자에 앉아 한참을 울고 또 울었다. 엄마는 그런 날 보고 한마디 하셨다.

"이제 뭐 좀 알겠나? 이눔아야."

한 시간 정도 지났을까 아내는 특유의 환한 웃음을 내게 보이며 회복실로 갔다. 건강하게 태어난 아들을 면회실 창문을 통해 보게 되었다. 그 창문을 사이에 두고 동시에 네 명이 울고 있었고 우린 그렇게 가족이 되고 있었다.

추석 연휴가 끝나는 마지막 날이었다. 딸은 밤새 울었다. 나와 아내는 계속 체온을 재며 물수건으로 몸을 닦아주었다. 차가운 수건이 닿을 때마다 더 앙칼지게 우는 딸을 안았는데 몸이 불덩이였다. 도저히 안 되어 응급실로 가기로 했다. 연휴 끝 응급실행은 진료비가 만만치 않았다. 몇 시간만 더 있으면 평일 진료비인데.

지금 생각하니 그 얄팍한 돈 몇 푼에 그렇게 잔머리를 굴렸다는 게 정말 미안해서 아무 말도 못 하겠다. 사실 응급실을 가도 옷 벗기고 해열제 주고 알코올 솜으로 닦아주는 게 대부분이다. 아무튼 응급실로 들어간 딸은 낯선 환경에 더 크게 울었고 주삿바늘을 보고 얼굴이 파랗게 질려가고 있었다. 그때마침 아버지가 들어오셨다. 우린 인사도 대충하고 딸에게 집중하고 있었다. 해열제 주사를 맞는데 나는 딸 양팔을 붙잡았고 아내는 다리를 붙들고 있었다. 그렇게 한바탕 난리가 났다. 이번에는 수액을 맞아야 한다며 링거 바늘을 들고 왔다. 이미 아버지의 인상은 구겨질 대로 구겨졌다. 나는 아버지 눈치 보랴 딸 달래랴 정신없었다. 애는 울고 있고 가족들은 둘러싸고 있으니 간호사의 손끝은 덜덜 떨리고 있었다. 링거 바늘을 한 번에 혈관에 꽂질 못했고 몇 번을 찌르니 딸은 오줌을 지려버렸다. 내 눈에는 불꽃이 튀었고 정말 '무식하게' 쌍욕이 튀어나왔다. 이 일로 아내와 난 요즘도 한 번씩 다툰다. '무식하다'고. 아버지는 이미 이성을 잃은 나를 데리고 밖으로 나갔다. 그리고 말씀하셨다.

"애들 안 아프게 잘 키워라. 애들 아파서 울면 부모는 가슴에 피눈물 난단다."

우리네 부모님들은 얼마나 많은 피눈물들을 삼키셨을까. 난 태어나서 딱 한 번 아버지의 눈물을 보았다. 내가 울어보니 이제 알 것 같다. 아버지는 수십 번을 울었다. 차 안에서, 옥상에서, 산속에서 말이다. 그것도 혼자서 가슴으로 많이 울었을 것이다. 아버지의 소주잔에는 눈물이 반이라는데 그 많은 소주잔을 들이키면서 참으셨을 것이다. 라디오를 켜니 싸이의 '아버지'라는 노래가 나온다. 또 눈물이 나려고 한다. 신호 바뀌었다고 뒤차가 경적을 울린다. 내 손에는 삼겹살 한 봉지와 소주 세 병이 들려져 있고 내 발걸음은 어느새 아버지를 향하고 있다.

5.

졸업식

누웠는데 잠이 오질 않았다. 이리저리 뒤척이다 시계를 보니 새벽 1시였다. 다시 누워 잠을 청했지만, 째깍째깍 시계 소리만 더 선명하게 들릴 뿐이다. 몸을 일으켜 물 한잔을 벌컥벌컥 마셨다. 정신이 좀 드는 듯했다. 거실로 나가 불을 켜지 않은 채 핸드폰 불빛을 비춰 TV 리모컨을 찾았다. TV 전원을 켰고 소리를 최대한 낮췄다. 간밤에 보았던 뉴스들이 방송되고 있었고, 눈에 들어오지 않았다. 무심코 눈이 책장으로 갔고 그 안에 있는 오래된 앨범들이 생각났다. 거실 불을 켰다. 눈이 부셨고 잠시 찡그리니 금방 괜찮아졌다. 마누라가 화장실 간다고 잠깐 나왔다가 안 자냐고 건성으로 물어보고는 이내 방으로 들어가 버렸다. 혼자 남겨진 조용한 새벽 거실에는 냉기가 흘렀다. 옷을 하나 더 껴입고 책장을 열어 앨범 하나를 꺼냈다. 젊은 시절 찍었던 사진들을 보았다. 직장 동료들과 찍은 사진도 있고 담배를 물고 고민에 빠진 사진도 있다. 옷을 보니 당시 유행했던 스타일인데 지금 보니 촌스럽기까지 하다. 넥타이도 폭이 넓고 화려했다. 사십 세쯤으로 보이는데 머리숱도 많았다. 괜스레 머리를 만져본다.

회사 일로 인해 여러 지역에서 근무했다. 사진 한 장은 거창에서 찍은 것이었다. 소고기를 연탄불에 구워 먹었던 기억이 난다. 그 고깃집 할매는 인심이 좋아 푸지게 차려 주었고 소주 서너 병은 거뜬했던 기억이 난다.

마누라랑 연애하던 시절의 사진도 있었다. 젊고 예뻤는데 지금은 나보다 목소리가 더 큰 할망구로 변했다. 또 한 장 넘기니 아름드리 큰 소나무 밑에서 마누라와 같이 찍은 사진이 있다. 강원도로 기억된다. 회사 동료들과 설악산을 오르면서 찍은 사진이다. 저 때만 해도 다람쥐처럼 산을 잘 탔는데 지금은 허리 협착증때문에 오래 걷지를 못한다. 씁쓸한 기분에 짧은 한숨을 내 쉬었다. 강원도 하면 기억나는 건 눈이다. 일주일 내내 쉬지 않고 눈이 내렸다. 고향이 경상도인 나와 마누라는 평생 할 눈 구경을 거기서 다했다. 나중에는 하늘을 쳐다보고 쓰레기가 내린다고 했다.

우리나라에서 운전을 제일 잘하는 사람은 강원도 사람이다. 사고 처리 때문에 5톤 트럭에 소나무를 가득 싣고 눈이 내린 추풍령 고개를 넘어가는 차를 한 번 얻어 타 본 적이 있다. 지금처럼 길가에 보호벽이나 가드레일조차 없었던 시절이다. 자칫 잘못하면 천 길 낭떠러지로 추락하는 그 길을 트럭 기사님은 한 손으로 여유 있게 운전해냈다. 옆에 타고 있으면 긴장되어 움찔움찔했다. 내릴 때면 온몸이 경직되어 있었고 손이며 팔은 힘을 너무 주어 잘 펴지질 않았다. 차비 대신해서 담배 한 갑을 드린 기억이 난다.

어느새 컬러 사진으로 바뀌었고 마산 집들이 사진이 눈에 들어왔다. 회사 동료들을 불러 집들이를 했고 마누라는 친정 식구들, 친구들을 불렀다. 손수 음식을 다 준비한 마누라한테 고마웠던 기억이 문득 떠올랐다. 아이들이 태어났고 마당에서 뛰놀며 자랐다. 하얀 똥개 '해피' 사진도 한 장 있다. 어머니 사진도 한 장 보였다. 한국 전쟁 후 억척스럽게 4남매를 키워내셨다. 설 연휴 때 납골당에 계신 어머니를 꼭 찾아뵈어야겠다.

사진첩을 덮고 눈을 감았다. '참 세월 빠르구나' 하는 생각이 들었다. 벌써 막내가 장가를 가서 애를 낳았고, 내일이 유치원 졸업식이란다. 엊그제 그 전화를 받고 달력에 동그라미를 쳤다. 약 20여 년 만에 졸업식에 초대를 받으니 설레어 잠이 안 왔다. 시계를 보니 새벽 5시다. 제일 좋은 옷을 고르고 면도를 깔끔하게 하고 샤워를 했다. 서서히 동이 터왔고 7시 아침 뉴스가 흘러나왔다. 마누라가 일어나자마자 잔소리를 퍼부었다. 사람 잠도 못 자게 새벽부터 부스럭거리고 청승을 떤다고 난리다. 오늘을 좋은 날이니 꾹 참기로 했다. 문자가 한 통 왔다. '9시까지 모시러 가겠습니다'

착한 막내아들이다. 아침을 간단히 먹고 시간이 되어 1층으로 내려갔다.

아버지께서 내려오셨다. 자동적으로 눈이 크게 떠졌다. 그렇게 멋진 아버지의 모습은 내 결혼식 이후 처음이었다. 한껏 멋을 부리셨고 롱코트에 목도리까지 완벽했다. 중절모를 쓰신다고 하는 걸 엄마가 한사코 말렸다고 했다. 엄마도 만만치 않았다. 어디 내놔도 70대 노인이라 할 수 없는 완벽한 변신이었다. 차 안에서 여쭈어 보았다. 손자 졸업식인데 뭘 그리 쫙 차려입으셨냐고 했더니,

"내가 언제 또 졸업식에 가 보겠노." 하시고 엄마는 "영감 또 쓸데없는 소리 한다." 하시며 핀잔을 주셨다. 잠시 정적이 흘렀다. 어색한 침묵이었다. 이번에는 방이며 거실에 애들 사진 바꿔 달라고 엄마가 말씀하신다.

"매일 아침 눈떠서 웃고 있는 손자 손녀 사진 보면 얼마나 좋은데." 하시면서 말끝이 흘려졌고 거울에 살짝 비친 엄마는 울음을 참고 있으셨다. 나도 잠시 가슴이 먹먹해졌다. 잠자코 운전만 했다.

가는 길에 꽃집에 들렀고, 손자한테 줄 꽃다발에 엄마는 장난삼아 질투하셨다. 유치원 입구에는 꽃바구니며, 사탕바구니들이 화려하게 진열되어 있었다. 아버지는 기어이 막대사탕 한 다발을 사셨다. 또 엄마는 눈을 흘기셨다. 평생을 아버지와 아들 두 놈 때문에 흘긴 우리 엄마 눈이 한쪽으로

안 쏠린 게 신기할 따름이다.

졸업식을 마치고 아버지와 내 아들은 손을 꼭 잡고 짜장면에 탕수육을 먹으러 갔다. 어릴 때부터 본가에 가면 생선을 발라 입에 넣어주신 덕분에 아들은 할머니보다 할아버지를 더 따르고 좋아한다. 심지어 식당 가면 자기 옆자리는 할아버지 자리라고 챙긴다. 이 두 남자 참 보기 좋다. 음식이 나왔고 손자부터 챙기는 아버지로 인해 또 한 번 엄마의 눈은 작고 날카롭게 변했다. 짜장면 한 그릇을 혼자 다 먹는 아들을 보고 나도 놀랐고 아버지께서도 기특해하셨다. 당신 음식도 덜어 주시면서 손자 엉덩이를 툭툭 두드려주셨다.

졸업식 날 아들은 피곤했는지 집에 오자마자 곯아떨어졌다. 아내도 딸아이 재우다가 같이 잠들어버렸다. 나 혼자 남은 조용한 밤이었다. 아들 유치원 졸업 앨범을 열어 보았고 한 장씩 넘길 때마다 웃음이 입가에 번졌다. 그러다 문득 엄마 말씀이 생각났다. 이 중에 잘 나온 사진 몇 장 골라서 바꿔드려야겠다. 앨범을 다 보고도 잠이 오질 않았다. 그래서 내 앨범을 쭉 훑어보았다. 첫 장을 넘기니 코흘리개 까까머리가 서 있었다. 기억에도 없는 어릴 때 사진이다. 책장을 넘길수록 난 점점 지금의 모습으로 변해갔고, 아버지도 지금의 모습으로 변해갔다. 아버지와 같이 찍은 사진은 뒤로 갈수록 찾아보기 힘들었다. 고등학교 졸업식 때는 정장을 입고 있었다. 대학생만 되면 다 내 세상이 되는 줄 알았는데. 학사모 사진을 끝으로 앨범을 덮었다.

"내가 언제 또 졸업식에 가 보겠노." 하셨던 아버지 말씀이 머릿속에서 사라지지 않았다.

'이제 유치원 졸업했는데 초등학교 졸업식은 보셔야죠. 중학교, 고등학교 졸업식도 오셔야죠'

시간이 간다. 시간이 흘러간다. 한 남자의 시간은 너무 빠르고 한 남자의 시간은 얼마 남지 않았다. 난 눈을 감았다. 뜨거운 무엇인가가 볼을 타고 주르륵 흘러내렸다.

그날 밤 세 남자는 정장을 입고 꽃다발을 하나씩 들었다. 세상에서 제일 멋지고 당당한 포즈를 잡았다.

'자 찍습니다. 하나, 둘, 셋 찰칵!'

내 아들 진웅이는 학사모를 쓰고 있고 나와 내 아버지는 양옆에서 환하게 웃고 있다.

6.

남자의 물건

누구나 아끼는 물건이 하나쯤은 있다. 어른, 아이 할 것 없이 애지중지하는 귀중품들은 있을 것이다.

시간이 지나면 아무것도 아니지만, 그 당시에는 전 재산이자 자랑거리인 것이다. 어릴 때는 종이 딱지가 그랬고 큰 쇠 구슬이 그랬다. 지우개며, 열쇠고리며 책상 서랍 깊숙이 자리 잡은 물건들은 내 보물이었다. 지금은 크게 물건에 대한 욕심이 없는 편이라 뭘 모으거나 관심이 있어서 수집하지는 않는다.

하지만 아버지는 달랐다. 난 어린 시절 마당에 있는 화분에 물 주는 것이 그렇게 싫었다. 그 화분들은 아버지께서 애지중지하며 키우는 것들이었다. 퇴근이 늦어지게 되면 전화를 해서 저녁을 챙겨 먹으라는 말씀보다는 화분에 물 주라고 하시는 게 전부였다. 그래서 난 그것들을 싫어했다. 더운 여름날 오후가 되면 잎이 축 처져 불쌍해 보일 때도 가끔 있었다. 물을 주고 조금 지나면 환하게 웃는 것처럼 잎이 살아나는 게 신기했다. 아마 이런 모습을 보고 아버지는 좋아하시나 보다. 계절이 바뀌면 화분들 위치도 조금씩 바꿨고, 그럴 때마다 강제노동에 동원되었다. 거름이며 영양제를 투여할 때면 그놈들이 부러웠다. 새우 과자 한 봉지가 얼만데 그것보다 비싼 걸 저것들이 먹다니. 솔직히 아버지가 원망스럽기까지 했다.

아버지가 안 계실 때면 그것들의 용도는 축구 골대 정도밖에 안 되었다. 지금 생각해보면 아버지는 하루 종일 받은 스트레스를 묵묵히 받아 주는 꽃들과 나무들과 식물들과의 대화를 통해 해소하신 거라 추측된다.

주말이면 배낭에 갈고리를 메고 어디론가 나가셨고 해가 떨어지고 나서야 집에 들어오셨다. 그 배낭 속에는 '돌삐'가 가득했다. 돌멩이를 경상도에선 '돌삐'라고 부른다. 쓸모없는 돌이나 안 좋은 뉘앙스로 머리를 표현할 때 주로 사용하는 표현이다.

아버지에게 돌은 단순한 돌멩이 수준을 넘어서는 작품이었다. 한 배낭 풀어놓으면 엄마는 옆에서 혀를 끌끌 차시며, "비싼 밥 묵고 하루 종일 이런 거 주으러 댕깄는 갑네."라고 핀잔을 주셨다. 아버지는 아랑곳하지 않고 그 '돌삐'를 물에 씻고, 솔로 문질러 이리저리 돌려보고 감탄을 하셨다. 모르는 내가 봐도 '돌삐'였다. 그 '돌삐'들을 모아 방이며 마루며 온 마당에 줄줄이 늘어놓으셨고, 물까지 뿌리셨다. 심지어 '수석회'라는 모임에 가입하셔서 전시회까지 열었다. 맛있는 저녁 준다고 해서 가보니 아버지의 수준은 초보 중에 왕초보였다. 지리산, 몽돌해수욕장 등 전국 방방곡곡을 좋은 돌이 발견됐다는 곳은 매주 찾아다니셨다.

호기심에 딱 한 번 따라간 나는 후회막급이었다. 하루 종일 허리 굽혀 돌밭을 누볐다. 돌을 뒤집어보고 돌을 들었다 놨다 하기를 수십 번 반복했다. 혹시나 좋은 돌이 발견되면 몰래 숨겨 놨다가 다음에 찾으러 가기도 하고, 크기나 무게가 상당하면 일행들을 불러 같이 운반하곤 했다. 지리산 어딘가에서 본 돌이 꿈에 나타나 일주일 뒤에 찾으러 갔는데 도저히 무거워서 들 수 없었다고 했다. 일주일 뒤 다시 갔는데 그때는 형님과 내가 동원되었고 지금 그 돌은 본가 옥상에 있다. 참고로 본가는 아파트 5층이다. 삼부자 모두 몸살 나서 눈칫밥 제대로 먹었던 기억이 난다. 그 뒤로도 계속 '돌삐'들은 집에 쌓여갔다. 듣기 싫은데도 굳이 설명해 주신다. 이쪽에서 보면 이런 모양이고, 느낌이 이렇고 저렇고. 건성으로 고개를 끄덕이다 보면 신기하게 보이는 것들도 몇 개 있긴 했다.

그런 '돌삐'들을 엄마는 몰래 내다 버리곤 했다. 집안 대청소를 할 때면 이놈의 '돌삐'들 때문에 고생이 이만저만이 아니었다. 먼지도 닦아야 하고, 자리도 옮겨야 했다. 엄마는 내다 버리라고 잔소리만 하셨다.

지금은 어느 정도 정리를 하셨고 수석다운 것들만 몇 개

소장하고 계신다. 난 결혼할 때 아버지께 딱 한 개만 달라고 했다. 그 '돌삐'는 아주 새까맣고 단단하다. 타조 알 크기만 한 게 둥글둥글하다. 아마 세상 둥글게 살고 단단하고 야무지게 살아가라고 주신 게 아닐까 하는 나 혼자만의 해석이다. 쳐다보면 씩 웃음도 나온다. 어린 시절이 생각나서일까. 난 그 '돌삐'가 좋다. 내 아들한테도 물려줘야겠다.

오래된 똥차를 아버지는 타고 다니신다. 십수 년 된 수동 차량인데 편한 운동화처럼 느껴지신다고 했다. 장거리 운전은 안 하신 지 오래다. 가까운 곳이나 비가 올 때는 편리하게 쓰이는 교통수단인데 얼마 전 형님이 그 차를 없애자고 했다. 홧김에 아버지는 중고시세를 알아보신다고 여기저기 전화를 했다. 나는 이미 알고 있었다. 그것은 일명 할리우드 액션이었다. 형님은 자동차세며, 보험료가 비싸다며 차를 팔아버리고 택시비를 드린다고 했다. 웃기시는 말씀. 애지중지하는 남자의 물건을 함부로 이래라저래라 했으니 아버지의 심기를 불편하게 해드린 것이다. 똥차이긴 하지만 아버지 재산목록 3호 정도는 될 것이다. 여기서 금액은 중요치 않다. 얼마나 내 몸에 딱 달라붙어 편한가가 기준이다. 어느 외제 차보다도 더 좋고 편한 차일 것이다.

그 차로 형님은 운전을 배웠다. 매일 티격태격 싸우면서도 아침이면 아무 일 없다는 듯이 아버지와 함께 운전연습을 하러 나갔다. 아버지에게는 단순히 그냥 차가 아닌 것이다.

일주일 전 아버지는 엔진오일을 새로 갈았고 타이어도 네 짝을 새 걸로 교체하셨다. 그래 난 안다. 그 차는 평생 아버지의 운동화가 될 것이며 슬리퍼가 될 것이다. 다음 주엔 내가 와이퍼를 교체해 드려야겠다.

아들 녀석이 배가 부를 대로 부른 주머니 하나를 어깨에 메고 내려놓지 않았다. 보여 달라고 해도 안 보여줬다. 살짝 호기심이 생겼고 잠든 사이 열어 보니 플라스틱으로 만든 딱지였다. 만화 캐릭터가 그려져 있었다. 이게 이놈의 보물 1호구나 라고 생각이 들었다. 어릴 때 내 모습이 떠올라 입꼬리가 살짝 올라갔다. 자는 모습이 귀여워 볼에 입맞춤을 했다. 팽이도 모으고 연필도 모은다. 이제 좋아하는 물건이 생기나 보다. 이모가 사준 손목시계에 불이 들어온다고 저녁 내내 이불을 뒤집어쓰고 있다. 내 아들의 물건이다.

나는 운동을 즐기는데, 테니스 라켓을 10년 정도 같은 것을 쓰고 있다. 손에 딱 맞고 디자인도 요즘의 것에 비해 나쁘지 않다. 얼마 전 다른 것으로 바꿨다가 팔에 무리가 와서 다시 옛날 라켓을 쓴다. 구관이 명관이다. 줄만 새 걸로 바꾸니 옛날 손맛을 살려준다. 딱 좋다.

다른 것에는 욕심이 없는데 운동화는 무조건 좋은 것을 산다. 새 신을 신어도 오래된 것처럼 편하고 가벼운 신발이 좋다. 라켓과 운동화가 나의 물건이다.

이렇듯 나이가 들면서 남자의 물건도 바뀐다. 그게 무엇이든 존중받아야 하고 존중해 주어야 한다. 특히 여성들은 마음에 드는 남자가 있다면 특히 이 '남자의 물건'에 집중하면 쉽게 마음을 얻을 수 있을 것이다.

　며칠 전 부모님께서 똥차 타고 원동역에 나들이 다녀오셨다고 했다. 삼겹살에 미나리 곁들여 점심 드시고 데이트를 즐기셨다. 점점 커지는 엄마의 목소리와 점점 낡아가는 똥차의 모습이 오버랩된다. 그렇게 지내시는 모습이 참 보기 좋다. 잠을 청하려는데 거실에 있는 둥근 '돌삐'가 날 보고 싱긋 웃는다.

7.

고구마

6살 딸에게 물었다.

'고구마' 하면 뭐가 생각나느냐고 하니 서슴지 않고 똥이라고 했다. 이유를 물으니까 "색깔이 갈색이라서."란다. 따뜻하고 부드럽다고 했다. 가끔은 뜨거워서 입을 데인다고 했다. 고구마는 똥이다. 왜냐하면 갈색이니까. 대답이 시원해서 좋다.

아내에게 똑같이 물었다. '사이다'라고 답했다. 이유인즉슨 요즘 유행어로 시원시원하면 '사이다'이고, 갑갑하고 답답한 사람이나 상황을 '고구마'라고 한단다.

난 고구마 하면 김치가 떠오른다. 그리고 한 여자가 떠오른다. 직장 생활 5년 만에 신물을 느낀 나는 과감하게 사표를 던지고 나왔다. 금융대란의 후폭풍을 겪은 세대라 취업이 바늘구멍 들어가기보다 어려웠지만 난 운 좋게 상장회사 연구직으로 다시 입사했다. 그런 아들이 회사를 그만둔다고 하니 어느 부모가 가만두겠는가. 석 달만 더 다녀보라고 했지만 한 달이 지나자 내 생각은 더 확고해졌다.

"엄마가 행복한 게 좋습니까? 아들이 행복한 게 좋습니까?"

"아들이 행복하게 잘 사는 걸 보여드리는 게 효도라고 생각합니다."

아버지는 그 일에 대해서는 단 한 말씀도 하지 않으셨다. 난 9개월 동안 자유인으로 살았고 내 나이 서른을 코앞에 두고 있었다. 내 인생의 긴 휴가를 마치고 작은 호프집을 개업했다. 머리가 아닌 가슴이 시키는 일이었다. 나흘 동안 잠을 안 자고 전라도 광주, 경기도 이천으로 교육을 받으러 다녔다. 피곤하기는커녕 눈빛이 살아나고 정신은 또렷해졌다. 그렇게 내 20대의 꿈이었던 사업을 시작했다. 남들이 보기엔 술장사지만, 떳떳한 내 일이었고 내 직업이었다. 술장사가 뭐 어때서? 사기 치는 것도, 나쁜 일 하는 것도 아닌데.

사람이 성공하기 위해선 몸에서 세 가지 액체가 나와야 한다고 했다. 피, 땀, 그리고 눈물이다. 난 가게를 운영하면서 이 세 가지 액체를 흘려보았다. 힘들어서 코피가 났고, 바빠서 땀을 흘렸으며, 기쁨의 눈물을, 서러움의 눈물을 흘려보았다. 3년 뒤 골목상권의 한계로 인해 가게를 접어야 했다. 하지만 난 더 단단해졌다. 절대 실패했다고 생각하지 않았다. 잠시 다른 길을 걸어보았을 뿐이고 넘어졌다 일어섰을 뿐이었다. 일어서면서 그 무엇과도 바꿀 수 없는 '경험'을 손에 쥐었다. 그것으로 충분했다. 그리고 사람 보는 눈을 얻었다.

가게를 인수인계하기로 하고 계약서에 도장을 찍었다. 그 날 밤은 장사하지 않았다. 생각하는 한 사람이 있었다. 그녀에게 친구들과 함께 오라고 했다. 술안주 공짜로 줄 테니 같이 한 잔하자고 했다. 장사하는 동안 단골손님이었고, 내 친구들과 소개팅도 했다. 웃음이 절로 나오는 기억들이다. 참 착했고 웃는 모습이 예뻤다. 예의도 바르고 성격도 좋아 보였다. 그녀에게 대시를 했고, 지금은 '여보'라고 부르며 잘살고 있다.

양가 부모님과 상견례를 마치고 결혼 날짜도 잡은 후 며칠 뒤였다. 처제 집에서 예비 신부랑 같이 술을 거하게 대접받았다. 그리고 나왔는데 앉아있을 때보다 훨씬 술이 더 취하는 것이었다. 마땅히 갈 곳도 없어서 일단 택시를 잡아탔다. 술에 취해 비몽사몽이었고 난 집으로 가자고 했다. 결혼식 날짜도 잡았고 이미 결혼을 약속한 사이니까 내 방에서 같이 자면 된다는 단순한 생각이 들었다.

부모님이 주무시고 계신 대문 벨을 눌렀고 그때 시간이 12시쯤이었다. 대문을 열어 주시는 아버지는 일행을 확인하시고는 황급히 방으로 다시 들어가셨고 눈 비비며 나오신 엄마는 눈이 휘둥그레지셨다.

"안녕하십니까? 어머님."

"그래, 어서 들어 온나."

이렇게 예비 시어머니와 예비 신부의 잘못된 만남은 밤 12시에 이루어졌다. 그때였다. 방에서 옷을 갖춰 입고 나오신 아버지께서 식탁으로 가시더니 뭔가를 내미신다.

바로 고구마였다. 그때까지도 아버지는 우리가 만취했음을 눈치 못 채셨다. 손님이 왔으니, 그것도 며느리 될 사람인데 뭔가를 내놓아야 되겠기에 가져오신 게 고구마였다. 눈치 백 단인 엄마는 눈을 뭐같이 흘기시며 아버지를 쏘아 보았고, 그제야 아버지는 냉장고에서 시원한 물 두 컵을 가져오셨다. 그리고 난 아버지와 그녀는 엄마와 함께 각자 방으로 들어갔다.

다음 날 일어나니 해는 중천에 떠 있었고 그녀는 없었다. 새벽에 눈 뜨면 놀랠까 봐 엄마가 데리고 방으로 갔고 다음 날 일찍 출근해야 하는 그녀를 위해 숙취해소 음료까지 손수 챙겨 먹여서 보냈다고 했다. 지금도 내가 뭘 잘못해서 아내에게 바가지 긁힐 때면 최후의 방어책으로 고구마 이야기를 꺼낸다. 고구마 덕택에 우린 크게 싸운 적이 없다.

엊그제 어린이날을 맞아 캠핑을 갔다. 2박 3일 일정이 짧게 느껴질 정도로 날씨도 좋았고, 애들도 재미있게 잘 놀았다. 밤에는 모닥불을 피웠다. 그리고 빠질 수 없는 메뉴 고구마.

호일에 둘둘 싸서 장작불 안에 넣으면 둘이 먹다 둘 다 죽어도 모르는 꿀맛 같은 군고구마가 된다.

처음엔 너무 오래 넣어 둬서 새까맣게 타버려 하나도 못 먹었는데 이제 요령이 생겼다. 중간중간 젓가락으로 찔러 보면 어느 정도 익었는지 감이 잡힌다. 노랗게 익은 고구마를 보고 딸에게 말했다.

"고구마는 똥이다. 왜냐하면, 노란색이니까."

우린 깔깔대며 웃었고 장작불은 더 밝갛게 타들어가고 있었다. 캠핑은 나이에 상관없이 설레고 재미있는 경험일 것이다. 물론 예외도 있다. 해병대 수색대를 제대한 선배는 캠핑 가자고 하면 치를 떤다. 더 이상 텐트 치고 추운 데서 자는 건 질색이라고 했다.

매일 반복되는 똑같은 일상 속의 부모님께 여쭤봐야겠다. 캠핑 가서 고구마 구워 드시는 건 어떨까 하고. 나는 어느새 캠핑장을 검색 중이다.

8.

친구

친구(親舊): 오래도록 친하게 사귀어 온 사람

국어사전에 나와 있는 친구의 정의다. 나는 한글인 줄 알았는데 한자였다. 영화 '친구'를 친한 친구들과 예전에 같이 본 기억이 난다. 학창시절을 너무나 잘 표현해서 보는 내내 살 떨리고 긴장되어 어느새 내 주먹도 불끈 쥐어졌다.

"니가 가라. 하와이."

내게는 아직까지도 최고의 영화다. '함께 있을 때 우린 아무것도 두려울 것이 없었다'라는 영화 포스터 문구를 좋아한다.

친구를 사귀는 데 아버지의 조언이나 인생 경험이 내게 큰 영향을 주었다. 내 친구 중에 아버지께서 먼저 챙기는 친구가 있어 소개할까 한다.

이 글을 쓰는 순간에도 보고 싶은 친구다. 실은 엊그제 같이 점심을 먹었고, 종종 만나 술 한 잔씩 하고, 조금 전까지만 해도 전화통을 붙들고 십여 분간 통화를 했다. 그래도 또 보고 싶고 같이 있고 싶다. 아내가 보면 질투하겠지만, 아내는 아내고 친구는 친구다.

류시화 시인의 '그대가 곁에 있어도 나는 그대가 그립다'라는 시를 읽은 적이 있는가. 말이 없이 곁에만 있어도 좋고, 얼굴만 봐도 좋고, 뭐든 챙겨 주고 싶은 그런 친구가 여러분들은 있는가. 이 글을 보는 순간 딱 떠오르는 친구가 있다면 지금 바로 전화할 수 있으면 좋겠다.

같은 고등학교에 다녔고 같은 대학에 입학했다. 친해진 건 테니스 동아리를 함께 다니면서부터였다. S는 의리가 있었고 다정다감했고 착했다. 항상 뒷정리하고, 사람들을 잘 챙겼다. 생각도 깊었고 정도 많았다. 공부도 잘해서 장학금을 받고 학교에 다닐 정도였다. IQ가 무려 142라고 했다. 고향은 촌이어서 우린 S를 남지 촌놈이라고 불렀다. 창원에 계신 큰 누나 집에서 같이 살았고, 가끔 누나 집이 우리의 3차 장소가 되기도 했다. 전날 마신 술로 눈이 팅팅 부어 일어나면 끓여주시던 누나의 돼지고기 찌개가 가끔 생각난다. 거기에 잔소리 두어 숟가락 넣어주시고. 술을 진탕 먹은 어느 날 S가 내게 말했다.

"철아 우리 부모님이 네 부모님 같았으면 소원이 없겠다."

"그기 무슨 소리고?"

그러자 S는 "아니다 됐다." 라고 했고 우린 그대로 잠들어 버렸다. 훗날 S의 고향 집에 가게 되어 부모님을 처음 뵈었고 그제야 그때 그렇게 말한 이유를 알게 되었다. 형제가 많은 S는 2남 4녀 중 5번째였고, 누나가 4명이었다. 그러니 부모님 연세가 많았다. 그래서 아마 젊고 도시에 계신 우리 부모님이 부러웠을 것이다.

S도 술 먹고 우리 집에서 많이 잤다. 어느 여름날은 거실에서 팬티 한 장만 달랑 입고 아버지께서 산책하러 나가시는데도 아랑곳하지 않고 퍼질러 잔 적도 있다. 그렇게 우린 우정을 쌓아갔고 단 한 번도 언성을 높이거나 싸우는 일이 없었다. 내게 여자 친구가 생겼는데, 어느 날 S를 포함한 여러 명이 함께 술을 마셨고 장소를 이동할 일이 있었다. 어쩌다 보니 나 먼저 2차 장소로 가게 되었다. 한참을 기다려도 둘 다 오질 않았다. 걱정도 되고 이런저런 잡생각을 하고 있는데 둘이서 팔짱을 끼고 다정하게 들어오는 게 아닌가. 화도 나고 눈이 뒤집혀 난 지갑을 바닥에 내동댕이치면서 S에게 처음으로 화를 내었다. 그러자 아무 말도 없이 내 친구는 뒤돌아 가버렸고 약간의 눈물을 흘리는 듯했다.

오해는 빨리 풀라고 했던가. '아차' 싶어 모든 걸 팽개치고 달려가 친구 손을 잡고 내가 미안하다 했고 둘이서 소주 한잔 나누면서 오해를 풀었다. 나중에 깨달았지만 아마 내 여자 친구가 S와 나를 질투하여 이간질한 게 아닌가 하는 생각이 든다. 나쁜 ×. 그래서 시원하게 '뻥' 차버렸다. 현재 S는 결혼하여 애 낳고 잘살고 있으며, 벤처기업 사장으로 열심히 일하고 있다. 아! 또 보고 싶네. S와의 추억 만들기는 현재 진행형이다.

친구와의 약속은 정말 중요하다. 중요하지 않은 약속이 어디 있겠냐마는 더 잘 지켜야 한다. 그래야 그사이가 오래가고 돈독해진다.

어느 가게에 외상값을 어마어마하게 남기고 군대에 간 친구가 있었다. 나중에 제대하면 정산하기로 하고 남아 있는 친구들이 갚기로 했다. 그래서 일명 '노가다'를 하기로 하고 다음 날 아침 6시에 만나기로 친구 한 명과 난 약속을 했다. 눈을 떠보니 비가 약간 내렸고 어찌 보면 당연히 안 나가도 되지만 '약속'이었기에 난 옷을 챙겨 입었고, 아버지께서 약속장소까지 태워 주셨다. 시간이 얼마나 흘렀을까 주변은 서서히 밝아졌지만 비는 계속 내렸다. 휴대전화도 없던 때라 하염없이 기다리는 수밖에. 그렇게 한참이 지났고 결국 그 친구는 나타나지 않았다. 심한 배신감에 치가 떨렸다. 욕도 나왔고 거기 나간 내가 한심하기 짝이 없었다. 며칠 뒤 그 친구를 만났고 비가 왔으니 안 나가는 게 당연하다 했다. 그래 '당연하다' 자식아. 지금도 그 친구는 약속시간을 어긴다. 나쁜 ×.

친구에도 종류가 있다. 사람을 이렇게 저렇게 나누긴 뭐하니까 부류라고 하는 게 낫겠다. 학교 친구가 있고, 사회 친구가 있다. 학교 친구는 요즘 유행하는 밴드 때문인지 다시 초, 중, 고등학교 친구로 나뉜다.

나는 그중에서 고등학교 친구가 제일 많고 좋다. 흔히 '시근'이 좀 들 때 만난 친구들이고 함께 했던 추억들이 많아서 그럴 것이다. 고등학교를 졸업하고 20년이 지나면 남자학교 대부분은 졸업 20주년 기념행사를 한다. 어쩌다 보니 내가 총무를 맡게 되었다. 행사 당일 난 울었다. 난 눈물이 많은 편인데 상상도 못 할 만큼 많은 친구들이 와 주었고 반가움의 쓰나미에 난 감동의 눈물을 흘렸다. 지금도 각종 여러 가지 명목을 만들어 한 달에 한 번씩 만나는 일명 '동기 모임'을 하고 있다. 더군다나 거기서 모교 장학금까지 모아서 매년 지급하고 있으니 우리 동기들 진짜 멋있다. 고맙고 자랑스럽다.

초등학교 친구들은 만나보니 데면데면했다. 처음에는 코찔찔이 시절 이야기하다 보니 반갑고 재밌었는데 그것도 한계가 있었다. 다 큰 어른인 지금과 그 시절은 너무 동떨어져서인지 아니면 철이 들어서인지 모르겠지만 만나면 대화의 소재가 한계가 있다. '이제는 말할 수 있다' 정도로 그 당시 누가 누굴 좋아했고 누구 집이 어땠으며 지금은 뭘 하고 있다 정도면 대화가 거의 끝난다. 그래서 모임의 횟수가 일 년에 두세 번 정도이다. 물론 모든 사람들이 그렇다는 것은 아니다. 초등학교 모임에서 만나 결혼까지 하는 경우도 봤으니 이건 내 경우이다.

좋은 친구가 있고 나쁜 친구가 있을까. 난 있다고 본다. 나쁜 친구를 제외하면 나머지는 좋은 친구 부류에 속하니 나쁜 친구만 특정하면 되겠다. '나쁜 친구'는 정말 나쁜 놈들이다.

말이 필요 없다. 그냥 나쁘다. 친구라는 이름 하에 등쳐먹고, 사기 치고, 돈 떼먹고 달아나는 그런 놈들이 나쁜 친구다. 그래놓고 술 한 잔 사고 미안하다고 하면 끝인 줄 안다. 술도 잘 안 사요 그런 놈들은. 그래서 경계하고 조심하고 딱 끊을 줄 알아야 한다. 한번은 너무 매정하니 딱 두 번만 속아주고 눈감아 주기로 하자. 친구는 무슨 놈의 친구 개뿔.

여자 친구에 대해 이야기해 보자. 애인과 여자 친구는 확실히 구별되어야 한다. '애인'은 육체적이든 정신적이든 내 모든 걸 걸고 사귀는 사람이 애인이다. '여자 친구'는 애인이 아닌 모든 여자 사람이(엄마 제외) 여기에 해당될 수 있다. 말 그대로 사람(people)이다. 다시 말하면 애인인 여자 친구는 없다. 간혹 '애인'과 '여자 친구'를 비슷하게 같이 쓰기도 하는데 이건 조심해야 한다. 남자와 여자는 친구가 될 수 없다는 뜻이다. 여자 입장은 잘 모르겠으나 남자 입장에서 아니 내 관점에선 여자 친구란 '성적매력이 없거나 학교 동기이거나 애인이 아닌' 여자 사람을 딱히 부를 말이 없어서 여자 친구라는 말을 쓴다고 본다.

더 솔직히 말해볼까. 우리 남자들 좀 참고 있는 거 아닌가

싶은데. '여자 친구'라고 부르는 학창시절 여자 사람을 애인
으로 만들기는 현재 상황이 그렇고 사회적 도덕적으로 지탄
을 받으니 그냥 참고 '여자 친구' 부류에 넣어 둔 건 아닌가.
얕은 수위의 스캔들을 기대하며 모임에 나가는 건 아닌가.
가슴에 손은 없고 생각해보자. 혼자서 조용히. 아니면 말고.

　　100명의 친구들에게 어설픈 친구가 되는 것보다 단 한 명
의 친구에게 진정한 친구가 되었으면 좋겠다. 모두에게 잘
보이고 잘하려다가 죽도 밥도 안 된다. 요즘 유행어인 미움
받을 용기가 있어야 한다. 나를 이해해주고 좋아해 주는 몇
명의 친구에게만 집중하면 된다. 물론 내가 먼저 그런 친구
가 될 준비가 되어 있어야 하는 건 당연지사다.

　　자자 각설하고, 오늘은 친구에게 먼저 전화하는 날이었으
면 좋겠다. 그저 잘 지내는지, 그냥 아무 이유 없이 목소리
듣고 싶어서 전화하는 날이었으면 좋겠다.

세상이 팍팍하여, 또는 몹쓸 병 때문에 먼저 간 친구들이 있다. 어떻게든 통화 할 수 있는 휴대전화든 뭐든 아직 개발 안 되었나 보다. 스티브 잡스 형은 왜 먼저 가셨데.

담배 한 개 피 입에 물고 괜스레 하늘 한번 쳐다보고 있는데 전화벨이 울렸다. S다. 다음 주 아버님 모시고 남지에 잉어찜 먹으러 오란다. 역시 멋진 놈이다.

9.

돈 돈 돈

왁스의 '머니'라는 노래가 흘러나왔다. 난 유행가 작사들은 천재라고 생각한다. 어찌 그리도 착착 달라붙는 내용을 쓰는지 모르겠다. 실제 돈 때문에 좋아하는 사람을 보내야 했던 적이 있다.

너무나도 예쁘고 성격도 '넘버 원'이었다. 식당에서 밥을 먹으면 먼저 계산대로 달려갔고, 화 한번 안 내고 토라지는 적도 없는 보통 여자와는 다른 완벽한 그녀였다. 그녀를 만난 건 수영장이었다. 좀 속물적이지만 수영장은 민낯이 공개되고 몸매가 다 드러나는 장소이기 때문에 그녀의 외모에 홀딱 반했다. 만나다 보니 성격은 더 좋았다. 나중에 알았지만, 고등학교 때부터 만난 남자친구가 있었고 다른 지방에 있다고 했다. 그놈은 요즘 흔히 말하는 금수저였다. 그것도 황금수저. 부모가 빌딩을 소유하고 있었고, 땅 부자였다고 한다. 그의 존재를 알았지만 난 포기할 수 없었다. 사람을 좋아하게 되면 뇌에서 도파민이라는 신경전달 호르몬이 나온다고 한다. 그래서 피곤한 줄도 모르고 매일 집에 바래다 주었고 석 달을 하루도 빠짐없이 만났다. 평생 그 호르몬이 나올 것 같았다. 결론부터 말하면 그녀는 그놈과 결혼해서 잘 산다고 한다. 그래서 난 그 노래를 싫어한다. '머니'가 눈물의 씨앗이란다. 그래 잘먹고, 잘살아라.

대학 다닐 때 테니스 강사를 하며 레슨비를 조금씩 모았다. 그 돈 갖고 어머니 생신 선물로 백화점에서 아이크림을 샀다. 어머니의 눈가 주름의 원인이 나 때문인 것 같아 제일 좋은 걸 사드렸다. 아들이 열심히 땀 흘려 번 돈임을 잘 아시는 어머니는 쉽게 그 화장품을 쓰지 못하셨다. 첨엔 얼마 주고 어디서 샀느냐는 것부터 해서 니가 무슨 돈이 있어 이 비싼 걸 샀느냐는 것까지. 많은 잔소리를 들었다. 당신은 평생 비싼 화장품 손수 사 본 적이 없으셨을 것이다. 인생 뭐 있냐. 있을 때 쓰고 없으면 굶고. 그런데 인생 뭐 있더라.

난 손이 큰 편이었고 소위 말하는 '통'도 좀 컸다. 직장 시절에는 월급을 받으면 딱 반을 잘라 적금부터 넣었다. 나머지로 한 달 생활을 했다. 월급이 많지는 않았지만, 꼬박꼬박 나오니 어느 정도 계획적인 생활이 가능했다. 적금 만기가 되면 또 다른 적금 통장을 만들었고 난 '돈 모으는 재미'를 쏠쏠히 느꼈다. 등 뒤에 든든한 누군가 있는 것 같았다. 괜히 웃음이 나고 즐거웠다. 이래서 돈은 모으는구나 싶었다.

친구 하나가 대출이 많아 카드 돌려막기를 하고 있었고 신용불량 위기에 처하게 되었다고 했다. 선뜻 500만 원을 빌려주었고, 매월 100만 원씩 갚기로 했다. 물론 무이자로. 그런데 다음 달에 50만 원만 보내주는 게 아닌가. 사정을 아는지라 아무 말도 안 했고, 어떻게 하는지 지켜보기로 했다. 돈거래는 사람을 판단할 수 있는 잣대가 될 수 있다. 난 친구를 믿었고 빠짐없이 50만 원씩 열 번을 보내주었다. 그리고 마지막 50만 원을 받고 난 술자리를 마련했다. 친구랑 단둘이서.

"난 너를 잃을 뻔했다. 친구야."

이렇게 미안하다고 말하는 친구에게 소주잔을 건넸다. 난 내심 친구가 먼저 '사정이 이래저래 하니 천천히 갚겠다'라든지, 적은 금액으로 나눠 주겠다고 말했으면 했는데 이 친구는 내가 다 이해하겠지 하고 그랬던 것이다. 사람이 거짓말하나 돈이 거짓말하지. 흔히들 시쳇말로 이런 이야기를 하곤 하는데 돈은 참 요물이다. 이 친구는 평생 같이할 친구로 남아 있다.

사람 나고 돈 났지 돈 나고 사람 났냐. '돈' 하면 떠오르는 단어가 무엇이냐고 주변 지인들에게 물어본 적이 있다. 가족의 행복, 안정, 불평등, 권력, 부패, 자기만족, 행복, 금, 현실, 위험, 불안 등이다. 있으면 한도 끝도 없이 갖고 싶은 게 돈이다. 너무 많으면 불안하고 없으면 불편하다.

돈에 대한 내 생각은 이렇다. 내 몸을 쓰거나 머리를 써서 벌어들인 돈이 아니면 내 돈이 아닌 것이다. 돈이 돈을 벌어줄 수도 있다. 부동산이나 주식 투자를 해서 벌 수도 있다. 하지만 이런 것들도 내 머리를 써야 한다. 주변에 사기를 당하거나 금융 다단계에 빠져 자기 재산뿐 아니라 친척, 친구들의 돈까지 날리는 경우를 많이 듣고 보았다. 내 자식에게 돈에 대한 내 생각을 확실히 교육시킬 것이다. 돈에 대한 매너를 보면 그 사람이 보인다. 돈 약속을 잘 지키는 사람이 시간 약속도 잘 지킨다. 한마디로 신뢰가 있다. 신뢰와 신용은 다른 말이다. 신뢰는 무한 믿음이고 담보가 필요 없다. 반면 신용은 돈에 대한 약속이며, 그 사람을 평가하여 담보가 필요할 경우도 있다. 등급까지 매겨 놓고 돈을 빌려준다.

그래서 인간관계에 있어선 신용이 좋은 사람보다 신뢰할 수 있는 사람을 만나야 하고, 내가 먼저 그런 사람이 되어야 한다. 친구에게 갚을 돈 있으면 빨리 갚아주고 사정이 안 되면 양해를 구해서 서로 오해의 감정을 쌓지 않도록 해야 한다.

이렇듯 나에게 돈에 대한 올바른 개념을 갖게 해주신 아버지에게 진심으로 감사드린다. 갚을 돈은 빨리 주고, 받을 돈은 천천히 받으라고 하셨고, 평생 빚 없이 돈 때문에 고생 안 시킨 것을 자랑스럽게 생각하신다. 전적으로 동의한다.

얼마 전까지 나라 꼴이 말이 아니었다. '국정농단' 사태였다. 참사, 사태라는 표현이 딱 맞다. '농단'이란 말을 찾아보니 '주변을 모두 볼 수 있는 높은 언덕에 올라 오로지 자신만의 권세와 이익을 추구하는 것'이라고 나와 있다. 모든 것이 돈 때문에 지랄이다. 그놈의 돈 돈 돈. 노래나 들어야겠다.

자, 이어지는 신청곡은 왁스의 '머니'입니다.

제3장

퇴색해진 부자유친

1.

손잡아 본 적 있습니까

    티눈약을 사오라고 하셨다. 손가락에 티눈이 생겨 불편하시다고 했다. 약국에서 티눈약을 사서 전달해드렸고 그걸로 끝이었다. 별 관심도 없었고 그냥 티눈 하나 생기셨나 보다 하고 생각했다. 몇 년 전의 일이다. 그 후 계속 병원에 다니셨고, 고혈압 때문에 약을 주기적으로 드신다고 했다. 생각보다 문제는 컸다. 단순한 티눈이 아니었다. 혈액 순환이 잘 안 되어 손끝, 발끝에 티눈이 생긴다고 했다. 혈압도 높았는데 고혈압의 원인은 혈관 내에 찌꺼기가 생겨 피가 잘 안 돌아서 생기는 경우가 대부분이다. 술, 담배, 스트레스로 인해 혈관들이 점점 막혀가고 있었고 피도 점점 진득해지고 있었다. 몸에서 그런 현상들이 나타난 것이 오히려 다행이었다.

    그 후 담배를 딱 끊으셨다. 혈압약은 평생 드셔야 한다고 했다. 그리고 당 수치도 높아 음식 조절을 하신다. 보통 고혈압과 당뇨병은 같이 찾아오는데, 그렇게 심한 편은 아니라서 조금은 안심이 되었다. 집에는 혈압체크기와 당 수치 측정 장비가 있다. 매일 아침저녁으로 직접 체크 하신다. 걷기 운동도 꾸준히 하시며 건강관리를 하고 계신다.

그렇게 십 년 정도 약을 드셨다. 하루는 아버지 손등에 피멍이 군데군데 잡혀 있었다. 이유를 물으니 피를 묽게 만들고 혈전을 녹이는 약을 드신 까닭이라 했다. 반대급부로 혈관이 약해지고 덩달아 피부도 약해졌다. 조금만 부딪혀도 모세혈관이 터지고 피부가 벗겨져 피가 나기 일쑤였다. 그래서 손등에 밴드가 없어질 날이 없었다. 더운 여름에도 장갑을 끼고 계셨다. 내 마음이 그 장갑 안에 갇혀 버린 손 같았다. 답답했다. 무겁고 암울했다. 그러나 더 안타까운 것은 내가 할 수 있는 것이 하나도 없다는 것이다. 그저 조심하시라는 말뿐이었다.

사람의 손은 얼굴과 함께 그 사람의 인생을 고스란히 담고 있다. 40대가 넘으면 자기 얼굴을 관리해야 한다고 했다. 나는 얼굴과 함께 손도 관리해야 한다고 본다. 특히 남자들은 처음 만나 악수를 할 때 단 몇 초 만에 맞잡은 손을 통해 많은 정보를 얻을 수 있다. 손이 큰지 작은지, 차가운지 따뜻한지, 손이 부드러운지 굳은살이 있는지를 보고 직업이나 취미 등을 대충 알 수 있다. 손의 악력을 통해 그 사람의 성격도 파악할 수 있다. 이렇듯 손은 많은 정보를 담고 있다. 그런데 아버지의 손이 그 모양이니 당신의 심정은 오죽하실까.

어릴 때 내 목욕을 시켜 주셨고, 내 똥을 닦아 주셨다. 내

옷을 갈아입혔고, 내 머리를 말려주셨다. 버스 안에서 날 안아 올리셨고, 길을 걸을 때면 손을 꼭 잡아 주셨다. 야구를 같이 했고, 배드민턴, 탁구를 같이 했다. 그런 아버지의 손이 이제는 장갑으로 들어가버렸다. 집에서는 벗고 계시지만 손등의 피멍들을 볼 때면 내 가슴은 처절히 멍든다. 슬며시 손잡아 보고 싶었다. 아버지의 손을, 나를 키워주신 손을, 험한 세상 버텨내신 그 손을 잡아 보고 싶었다. 하지만 그렇질 못했다. 왜일까? 왜 이리 어색하고 낯간지러운 걸까? 내 손이 아버지 손보다 커졌을 때부터 손을 잡은 기억이 없다. 다만 어릴 때 잡았던 두툼하고 듬직했던 손과 내 주먹이 한 손바닥에 쏙 들어갔던 기억만이 남아 있다.

'손잡아 본 적 있습니까?'

언제 또 잡아 볼 수 있을는지 스스로에게 질문을 던져본다. 바로 지금이다. 아무 이유 없이 그냥 잡아 보기로 했다. 그저 두 손을 잡고 옆에 나란히 있고 싶다. 깍지도 끼워 볼란다. 나중에 싸늘하게 식어서 굳어진 손은 잡아 본들 아무 의미 없다. 더 자주 더 격렬히 손을 잡을 것이다.

조르고 또 조르는 아들을 못 이겨 네발자전거를 샀다. 못 탈 줄 알았는데 단 한 번에 자전거를 출발시켰다. 아들은 씽씽 잘도 달렸다. 아내와 난 눈을 마주치며 놀란 표정을 교환했다. 입도 눈도 동그래졌다. 처음엔 조심하더니 익숙해졌는지 제법 속력을 내고 달렸다. 따르릉 벨 소리도 울려보고 불도 켜보며 잘 타고 있었다. 그런데 멈추는 방법이 더 중요한데 그걸 안 알려 줬고, 빨리 달리다가 급기야 옆으로 넘어지고 말았다. 난 일부러 달려가지 않았다. 아내가 달려가려는데 팔을 붙잡았다. 이제 8살이면 저 정도는 알아서 해결할 줄 알아야 한다고 말했다. 처음에는 울면서 우리 쪽을 쳐다보더니 아무 반응이 없자 일어나서 자전거를 세웠다. 그리고 울먹거리며 끌고 왔다. 옷을 털어주었다. 무릎은 옷이 찢어졌고 손등과 손가락에 피가 나고 있었다. 엄살이 심해 손도 못 대도록 했다. 집에 데리고 들어가 옷을 벗기고 물로 상처 부위를 씻어냈다. 따가웠는지 인상을 찡그리고 몸을 움찔거렸다. 그럴 때마다 나도 온몸에 힘이 들어갔고 말초신경을 찌르는 것처럼 아팠다.

피곤했는지 이내 잠이 들었다. 코를 살짝 골며 자는 모습을 지켜보았다. 참 귀여웠고 예뻐서 자는 얼굴에 뽀뽀를 해 댔다. 그러다 약을 바르고 밴드를 붙여 놓은 손이 눈에 들어 왔다. 이렇게 자세히 손을 쳐다본 기억이 있던가. 약간 자란 손톱에는 때가 조금씩 끼어 있었다. 그것조차 좋아 보였다. 내 손가락을 가만히 옆에 갖다 대어 보았다. 손톱 모양은 안 닮았다. 손가락 굵기는 비교가 안 되었지만, 모양새는 나의 그것이랑 비슷했다. 깍지를 껴보았는데 제법 손이 두툼하고 넓어진 느낌이 와 닿았다. 지난주 얼핏 잡았을 때랑은 또 다른 느낌이었다. 많이 컸구나 하는 생각을 하면서 옆에 누워 있다가 잠이 들었다. 요즘은 그 조그마한 손으로 글씨를 삐뚤삐뚤 쓰고 컴퓨터 타자연습을 한다. 점점 자라면서 손발이 크겠지. 그러면서 어느 순간 내 손보다 커지면 손 잡을 기회도 점점 줄어들겠지 라고 생각하면 서글퍼진다. 지금 많이 손을 잡아 주고 많이 안아 주어야겠다.

형제자매들이 많은 집에선 안 아픈 손가락이 있다고 한다. 내 아내는 자기 스스로 안 아픈 손가락이라고 한다. 이 사람아 모르는 소리 하지 마라. 어느 부모에게 누구 하나 소중하지 않은 자식이 있으랴.

나 보고도 안 아픈 손가락이라고 했다. 엄마가 날 막 대해서 그렇단다. 집에선 내 이름을 잘 부르지 않는다. 그냥 "야"라고 부른다. 그럴 때면 난 엄마에게 말한다. "장가간 아들보고 야가 뭡니까. 야가." 그래도 난 좋다. 그만큼 친근하고 편해서 그러시는 걸 잘 아니까. 평생 안 아픈 손가락이었으면 좋겠다. 이런저런 고민도 들어주고 집안 대소사 같이 의논도 할 수 있게 말이다.

어느 식당에서 밥을 먹다가 집에서 걸려온 전화를 받았다. 식당 주인은 누군데 그렇게 깍듯이 전화를 받느냐고 물었다. 아버지 전화였다. 예의 바르고 착하게 키워주신 아버지 전화를 공손히 받아야 하는 건 당연하다. 매번 전화 통화 끝에는 "전화해줘서 고맙다. 아들."이라고 하신다. 뭐가 그리도 고마우실까. 손가락 중에 안 아픈 손가락 없다.

저녁을 먹고 산책하러 나갔다. 아들은 이미 저만치 앞서 뛰어나갔고, 딸은 애교를 부리며 엄마, 아빠 손을 잡고 그네를 태워 달라고 했다. 하나, 둘, 셋 하면 딸은 공중에 붕 떠서 한참 있다 내려온다. 업어 달라고 하고, 목말을 태워 달라고 했다. 바로 지금이다. 좀 더 지나면 그런 말도 안 할 것이다. 태워 준다고 해도 싫다고 내뺄 것이다. 번쩍 들어 목말을 태웠더니 하늘이 가까워졌다고 좋아한다. 뛰어갔던 아들이 엄마 손을 잡았다. 노을에 비친 그림자에는 네 명이 나란히 손을 잡은 채 걸어가고 있다.

2.

눈 마주친 적 있습니까

야외용 자리를 깔았다. 집에서 준비해 온 접시에 사과를 깎아서 담았다. 소주잔에 술을 따르고 무덤 앞에 놓인 상석에 조심스럽게 올려놓고 절 두 번을 했다. 일어설 때는 뒤로 넘어질까 봐 아버지가 팔로 내 허리를 받쳐 주셨다. 남은 술을 주변의 묘에 다 뿌리고 가져간 과자들도 한 주먹씩 쥐어서 뿌렸다. 사과 한 조각씩 먹으면서 먼 산을 바라보았다. 아버지와 난 아무 말 없이 한참을 그렇게 앉아있었다. 햇살이 따뜻했다. 하늘에는 까마귀 여러 마리가 까악까악 울고 있었다.

여기는 고성군 이화면에 있는 공원묘지다. 할아버지의 산소가 있는 곳이고 일 년에 딱 두 번 오는 곳이다. 설날과 추석이 지나고 일주일 뒤에 특별히 약속하지 않아도 난 아버지를 모시고 이곳으로 온다. 정확히 기억은 안 나지만 내가 운전을 하면서부터인 것 같다. 원래 명절 전이나 당일 날 성묘를 해야 하지만 차도 많이 막히고 여러 가지 사정상 명절 뒤에 찾아뵙는다. 차로 한 시간 반 정도 거리인데 오는 동안 단 한마디의 대화 없이 온 적도 많았다. 그 침묵은 어색하지 않았다. 각자 무슨 생각이 그리 깊어서일까 오히려 말을 꺼내면 방해가 될 것 같았다. 나는 나대로 운전만 하고 아버지는 아버지 대로 창밖 풍경만 하염없이 쳐다보셨다. 공원묘지에 도착하면 작은 배낭을 메고 할아버지 산소로 향했다. 산전체를 빼곡히 들어찬 묏등을 보면 '참 많이들 누워 계시는구나'라는 생각이 들 때도 있다. 5분 정도 걸으면 할아버지산소가 있다.

아버지는 늘 입버릇처럼 "오면 온다고 압니까, 가면 간다고 압니까."라고 말씀하신다. 나는 그저 자리를 깔고 음식을 풀고 준비를 할 뿐이었다. 엄마는 무릎이 시원찮으셔서 몇해 전부터 안 오셨다. 형 또한 장가를 못 가서 조상 뵙기 부끄럽다고 같이 안 온 지가 오래다. 그러면서 아버지와 형의 사이는 점점 멀어졌다.

올 설날에도 어김없이 성묘를 갔다. 가는 차 안에서 엄마 이야기, 형 이야기 등을 줄줄이 늘어놓으셨다. 바가지가 점점 더 심해지고 사사건건 시비를 건다고 하셨다. 경로당 총무를 맡아서 바쁘고 점심도 잘 안 차려준다고 투덜거리셨다. 집에서도 편히 쉴 곳이 없다고 하셨다. 난 조용히 고개를 끄덕거리며 듣고만 있었다. 형은 하는 일이 잘 안 풀리고, 다른 직장에 이력서를 몇 군데 넣었다고 했다. 엄마와 한패를 이루고 당신을 '왕따' 시킨다고 하신다. 살짝 웃음이 났다. 그걸 보셨는지 왜 웃느냐고 장난기 어린 화를 내셨다. 매일 만 보씩 걷기 운동을 하신다고 했다. 사드린 만보기가 마음에 드시나 보다.

나중에 당신 돌아가시고 나면 화장해서 정병산 자락에 뿌려달라고 하셨다. 요즘은 그것도 마음대로 못 뿌린다고 말씀드렸다. 별말씀을 다 하신다고 화제를 돌렸다.

'죽음'에 대해서 생각해 본 적이 있다. 친구들의 부고 횟수가 많아졌다. 벌써 그런 나이에 접어들었단 말인가. 조문을 가서 정신없이 우왕좌왕하는 경우를 많이 보았다. 준비 없는 이별이라 그런 걸까.

이별을 준비한다는 것 자체가 불효이고 말 꺼내기 쉽지 않은 주제이다. 형과의 술자리에서 아버지와의 이별 이야기를 꺼내보았다가 괜히 야단만 맞았다. 아직 건강하신데 별 걱정을 다 한다면서 화를 냈다. 운전하다가 그 생각이 떠올라 머리를 좌우로 흔들어 잡념을 떨쳐 버렸다. 다시 묵묵히 운전했다.

큰 나무를 기준으로 세 번째 줄, 왼쪽에서 네 번째가 할아버지 묘지이다. 매년 헷갈리지 않고 한 번에 찾았는데 올해는 입구 쪽에 길이 새로 나는 바람에 묘비를 보고 확인하고서야 찾을 수 있었다. 절을 올리고 같은 곳을 바라보며 앉아있었다.

"철아 나는 아버지에 대한 기억이 하나도 없다."

낮고도 쓸쓸한 목소리로 말씀하셨다. 아버지 고향은 진주다. 한국 전쟁을 겪은 이후라서 먹고 살길이 막막했고 배고팠던 기억이 가장 크다고 하셨다. 계속 말씀을 이어가셨다. 당신의 아버지는 병에 걸려 매일 누워 계셨다고 했다. 같이 놀았다거나 손을 잡거나 목말을 타본 따뜻한 기억은 없다고 했다.

배가 고파서 사당 같은 곳에 놓인 차가운 고구마를 훔치듯 먹은 기억만 있다고 하셨다. 그렇게 성장하면서 손에 돈이 없으면 곧 죽는다는 생각을 가지셨다고 했다. 신문 배달도 하셨고 안 해보신 일이 없다고 과거를 회상하셨다. 그래서 우리들에겐 아낌없이 다 주고 싶었고 정을 나누고 싶다고 하셨다.

슬쩍 옆은 쳐다보았다. 아버지의 눈가는 촉촉하게 젖어있었고 난 말없이 수건을 건네 드렸다. 몇 해를 갔어도 그런 말씀을 하신 적이 없었는데 올해는 달랐다.

처음으로 건너편 멀리 보이는 문수암이라는 곳을 가보았다. 차가 산 정상까지 올라갈 수 있게 길이 잘 닦여 있었다. 절을 둘러보고 한참을 그곳에 앉아있었다. 그 날은 좀 더 오래 아버지와 같이 있고 싶었다. 돌아오는 길에는 일부러 천천히 차를 몰았다. 진동에 유명한 민물장어 집을 찾았고 맛있는 점심을 사드렸다. 반찬으로 나온 장어 뼈 튀김을 휴지로 싸서 주머니에 넣으셨다. 형에게 갖다 줄 거라고 하셨다.

평소 같으면 말렸을 텐데 그 날은 가만히 있었다. 아버지가 우리를 사랑하는 방법이었고 애정 표현의 방식이었다.

돌이켜 보니 난 아버지에게 많은 것을 받으면서 자랐다. 축구공, 야구 글러브, 자전거, 시계, 운동화 등 필요하다고 말만 하면 다 사주셨다. 먹는 것도 부족함이 없었다. 고급 양과점 빵을 술만 드시면 사 오셨고 안주로 나온 오징어와 땅콩을 주머니에 챙겨오셔서 자고 있는 형과 나를 깨워 꼭 먹이곤 하셨다.

난 이런 아버지를 애정결핍으로 인한 과잉 사랑이라고 말했다. 생선 반찬이 나오면 뼈를 발라 밥숟가락에 손수 얹어 주셨다. 형은 한사코 싫다고 그랬고 난 그게 좋아서 넙죽넙죽 잘 받아먹었다. 일흔이 넘으신 지금도 맛있는 반찬이 나오면 그릇을 내 쪽으로 옮겨 주시고 많이 먹으라고 하신다. 지금은 내가 장난삼아 생선살을 아버지 밥그릇에 올려놓기도 한다.

이제 그 사랑이 손자에게로 갔다. 다행히도 아들은 생선을 좋아해서 잘 먹는다. 그런 손자를 아버지는 엄청나게 예뻐하시고 챙기신다. 간혹 손자 입에서 생선뼈가 나오면 온 식구들이 아버지를 탓한다. 그래도 멈추질 않으신다. 손자랑 통화할 때면 아버지의 목소리는 '솔' 톤보다 훨씬 높아진다. 그리고 항상 마지막엔 전화해줘서 고맙다고 하신다.

나는 할아버지에 대한 기억이 당연히 없다. 단지 내 아버지의 아버지니까 무덤에 가서 절을 하고 술을 올린다. 얼굴도 모르는 내 할아버지도 억척스럽게 살아 내셨을 것이고 지금보다 훨씬 힘들었던 시절을 겪어낸 한 남자였을 것이다. 나에게 멋진 아버지를 선물해주신 할아버지에게 진심으로 고맙다는 인사를 드리고 싶다.

지금 내가 받고 있는 무한 사랑을 아들에게 다 주고 싶다. 내 아들은 할아버지와 많은 추억을 만들었으면 좋겠고 먼 훗날 할아버지를 기억했으면 좋겠다. 그래서 성묘를 갔을 때 할아버지와의 지난 추억들을 내 아들이 먼저 이야기했으면 좋겠다. 그 이야기를 들을 때면 할아버지도 흐뭇하게 웃고 계시겠지.

아들 눈빛 속에 내가 보인다. 그 속에 내 아버지의 모습도 들어 있다. 과연 아버지의 눈빛을 마주치면 내 할아버지의 모습이 보일까. 솔직히 자신이 없다. 아버지의 눈을 가만히 쳐다보고 있을 용기가 없다.

어린 시절 차디찬 고구마를 훔쳐 먹던 아버지가 보일까 봐 겁이 난다. 먼 산 바라보며 눈물 보이시던 그 모습이 떠오를까 봐 겁이 난다. 그래서 오늘도 난 사진 속의 아버지 눈만 마주치고 있다.

3.

상처 한 번 만져준 적 있습니까

아버지의 고집은 대단하시다. 특히 아프실 때는 특유의 똥고집을 더 부리신다. 옆에서 쳐다보면 기가 막힐 정도다. 절대로 병원을 안 가신다. 주사가 무섭냐고 여쭤보면 그건 아니라고 하신다. 감기몸살이 심해도 집에서 일주일 넘게 뜨거운 방에서만 계실 뿐이다. 하루에도 속옷을 몇 번을 갈아입을 정도로 땀을 흘려도 병원은 안 가신다. 옆에서 수발하시는 엄마가 더 고생이다. 나중에는 엄마도 같이 진이 빠져서 약을 드시기도 했다. 병원 안 가시는 이유를 물어도 대답을 안 하신다. 식구들 속을 다 뒤집어 놓으신다. 조금 회복 기미가 보이면 새벽에 일어나 사우나에서 땀을 또 한 바가지 흘리고 거의 파김치가 되어 들어오신다. 이쯤 되면 엄마는 "무식하다. 무식해. 진짜 무식하다."라고 하시며, 화를 내신다. 내가 봐도 병수발한 사람 성의가 물 건너가게 하는 행동이었다. 나도 화를 낸다. "진짜 와 그라십니꺼?"

갑갑하다 갑갑해. 어린애 같으면 업고서라도 강제로 병원 데리고 가서 주사를 맞히겠는데. 포기다. 병원 의사들이 다

돌팔이고 약 먹어봤자 항생제라서 몸에 안 좋다고 하신다. 참 어이없다. 그럼 의사들은 왜 그렇게 많은 시간과 공을 들여 의사 공부를 했겠는가.

하루는 회사 마치고 집에 갔는데 아버지의 입이 '오리 주둥이'처럼 부어 있었다. 오리 주둥이라고 표현해서 아버지께는 죄송하지만 더도 덜도 아니고 딱 그것이었다. 처음엔 벌레에게 물렸나 생각했는데 점심때 드신 음식 때문인 것 같다고 자가 진단을 내리셨다. 이렇게 자가 진단을 내리시면 그걸로 끝이다. 처방도 알아서 하신다. 내가 봤을 땐 식중독인 것 같았다. 병원 가서 주사 한 방 맞고 약 삼 일 분 받으면 금방 낫는다. 그런데 웬걸, 아버지는 엄마에게 설탕물을 타 달라고 하셨다. 설탕물이 웬 말이냐고 내가 옆에서 버럭 화를 냈다. 다 알아서 하신다고 말씀하시는 아버지 본인도 황당했는지 실실 웃으셨다. 웃으니까 뭐 같이 부어오른 입술이 더 웃기게 보였다. 그 순간 웃음보가 '빵' 터졌고 식구들은 한참을 웃었다. 지금도 '아버지 주둥이 땡 나발 사건'이 회자되고 있다.

집에 적외선 안마기가 배달왔다. 대부분이 그렇듯이 처음 한두 달은 열심히 사용한다. 그리고 시간이 지나면 거실이나 방 한구석에 자리를 잡고 먼지를 이불 삼아 조용히 엎드려 있다. 그런데 이번에는 좀 달랐다. 매일 저녁 아버지는 배 마사지를 하셨다. 형이 사온 '건강 도인술'이라는 책도 타이밍을 기가 막히게 맞췄다. 손바닥을 5분 정도 문질러 따뜻하게 열을 내면 손에서 기가 더 많이 나오고 그 손으로 복부 마사지를 하면 소화도 잘되고 변비도 없어진다고 했다. 그 책에는 '안복행법'이라고 소개되어 있었다. 엄마도 따라 했고, 효과가 좀 있는 듯했다. 나는 운동이 최고라며 그 옆에서 스쿼트를 하고 있었다. 병원 가기 싫어하시는 아버지에겐 딱 맞는 책이었다. 기가 나오는 따뜻한 손으로 눈을 비비면 시력이 회복되고 아픈 무릎을 마사지하면 낫는다는 이론이었다. 심지어 회춘하는 비법이며 정력이 좋아지는 방법까지 그림과 함께 상세히 나와 있었다. 그 책을 아버지는 달달 외우는 수준이었다. 외우다 못해 만나는 친구분들께도 따라 해보라며 직접 시범을 보이기까지 하셨다.

사달이 난 건 열흘 정도 지나서였다. 저녁 식사가 끝나고 누워서 복부 마사지를 하시다가 갑자기 배를 움켜쥐고 꼼짝도 못 하셨다. 얼굴을 피가 쏠려 이마까지 벌겋게 변했고 등에는 식은땀이 줄줄 흘러내리고 있었다. 식구들은 당황해서 어쩔 줄 몰라서 쩔쩔매고 있는데 또 자가 진단을 내리셨다. 밥 먹고 갑자기 '안복행법'을 해서 장이 놀라서 그렇단다. 엄마는 물을 갖다 드렸고 잠시 후 안정이 되었다. 아무래도 이상하다는 눈빛을 엄마와 형과 나는 주고받았다. 엄마가 말씀하셨다.

"아무래도 저 영감 이상하다. 사실은 한 달 전부터 배가

아프다고 해서 적외선 안마기를 사줬는데, 내일 병원에 같이
가봐야겠다."

'차라리 소를 끌고 병원 가면 갔지' 하면서 난 속으로 생각
했다. 뭔지 모를 찝찝한 기분을 갖고 방에 들어가 누웠는데
갑자기 아버지의 비명소리가 들렸다.

"아이고 배야, 아야야."

"우짜노, 우짜노. 이걸 우째야 되노."

엄마는 당황해서 어쩔 줄 몰라 하셨다. 난 옷을 챙겨 입
고 아버지를 들쳐업었다. 차 시동을 걸고 뒷자리에 아버지
를 눕혔다. 모든 신호를 무시하고 병원 응급실로 달렸다. 아
버지는 계속 배를 움켜쥐고 고통을 호소했고 엄마는 아버지
팔을 잡고 울고만 계셨다. 병원에 도착해서는 휠체어에 겨우
앉아 응급실로 이동했는데 아버지의 상반신은 엎드린 채 무
릎에 닿아 있었다. 당직 의사가 와서 언제부터 그랬냐? 저녁
에 뭐 드셨냐? 등 이것저것 물어보았다. 손에는 혈압, 체온,
그리고 혈액검사 결과가 나와 있는 차트를 들고 있었다. 몸
을 똑바로 펴지 못하고 침대 위에 누워 계신 아버지의 상태
확인을 위해 억지로 바로 눕혔다. 배 여기저기를 눌러 보던
의사는 뭔가 알겠다는 듯 고개를 끄덕였고 어느 한 부위를
누르자 아버지는 자지러지셨다.

"내일 당장 수술해야 합니다."

수술이라는 단어에 우린 다시 한 번 놀랐다. 뭔가 크게

잘못되었나 보다 싶었고 무슨 일이기에 수술까지 해야 하나 싶어서 당직 의사의 입만 빤히 쳐다보았다.

"복막염이 의심됩니다. 많이 아팠을 텐데 왜 이제 오셨어요? 내일 최대한 빨리 수술 시간 잡겠습니다." 라고 말하고는 저쪽으로 사라졌다.

기가 막히고 또 막혔다. 이번엔 엄마도 공범이었다. 한 달 전부터 이미 아버지는 맹장이 잘못되었고, 그 증상이 나타났지만 억지로 참고 있으셨던 것이다. 그것도 모르고 자외선 안마기며, '안복행법'이며 잘못된 민간요법들을 했으니 맹장이란 놈이 가만히 있을 리 없었다. 맹장 수술만 빨리했어도 일주일 정도만 입원하면 해결될 문제였다. 고통은 고통대로 다 받고 결국 수술해야 됐고, 회복 기간도 두 배나 길어졌다. 난 집에 가면 그놈의 안마기를 때려 부술 작정이었다. 다행히 수술은 잘되었다. 담당 전문의가 이런 경우는 드물다고 했다. 이정도면 고통이 어마어마했을 텐데 어찌 참으셨냐고 했다. 난 그 말이 '참 한심하다'라고 들렸다. 내가 생각해봐도 정말 한심하기 짝이 없다. 그리고 병수발은 오롯이 엄마 몫이었다. 전복죽이며, 호박죽을 아버지 입맛에 맞게 척척 갖다 바치셨고 엄마의 흰 머리, 주름살은 늘어났고, 깊어져 갔다.

엄마한테서 전화가 왔다. 빨리 집으로 와보라고 하신다. 목소리는 다급했다. 그런 전화는 처음이라 내심 불안했다.

집에 도착했다. 아버지는 누워 계신 지 벌써 한 달째였다. 이번 감기는 좀 오래간다 싶었다. 엄마의 눈빛은 흔들렸고 내 손을 잡고 말씀하셨다.

"너거 아버지가 이상하다."

"뭐가예? 저러다가 일어나시겠지 뭐."

난 엄마의 불안함을 덜어드리기 위해 억지로 아무렇지 않게 대답했지만, 솔직히 나도 느낌이 좋지 않았다.

"음식을 아예 못 먹고 물만 마신다. 장어 국물도 입만 대고 비린내 난다고 안 묵는다. 우짜면 좋노?"

엄마는 거의 울상이었다. 솔직히 답이 없었다. 십 년 동안 다니시던 병원 내과 전문의와 한바탕 하셨다고 했다. 감기약을 먹어도 안 나아서 다른 약을 처방해 달라고 하셨고 그 의사는 어르신 연세에는 더 독한 약은 오히려 역효과라며 지금처럼 약 드시고 충분히 휴식을 취하면 된다고 했다 하신다. 내 나이가 어때서라고 버럭 화를 내시고 그 길로 다른 병원에서 가셨고 거기서 처방받은 약은 입에도 안 댄다고 하셨다.

'마음의 준비를 해야 하나?' 난생처음으로 이런 생각이 들었다. 하지만 곧 '아직은 아니지'라는 생각이 그 몹쓸 생각을 눌렀다. 난 바로 보신탕을 사러 갔다. 목 넘김이 불편하니 국물만 포장해달라고 했다. 일주일 정도 지나서야 서서히 회복하는 기미가 보였고 엄마와 난 안도의 한숨을 쉬었다.

마지막으로 사러 간 날 나는 주인아주머니에게 말했다. 고기 많이 넣어 달라고. 나이가 들어가면서 점점 고집은 세지고 목소리만 커지신다. 잘 삐치시고 작은 일에도 마음 상하신다. 그래서 엄마는 아버지를 '박 초딩'이라고 부르며 놀려댄다. 아이에서 어른으로, 다시 어른에서 아이로 간다는 옛말이 딱 맞다. 그 어른 아이를 이제는 내가 안아 주어야겠다.

오늘따라 아버지의 배를 가로 지르는 수술 자국이 자꾸 눈에 밟힌다. 오월에는 어린이날도 있고 어버이날도 있다. 오월의 하늘은 참 서글프게도 푸르구나.

4.

당신 자식도 그렇게 대합니까

고 황수관 박사님의 강연 중 인터넷에 올라온 사연을 소개해 볼까 한다. 누구나 한 번쯤 들어보았을 만한 아버지와 아들 이야기이다.

대청마루에 아버지와 아들이 앉아있었다. 마침 아침 창가에 까치 한 마리가 날아와 앉았다. 아버지가 물었다.

"얘야, 저게 뭐냐?"

"아버지. 까치예요."

"그래 오냐. 고맙다."

아버지가 두 번째 또 물었다.

"얘야, 저게 뭐냐?"

아들은 귀찮다는 듯이

"금방 까치라 했잖아요."

"오냐. 고맙다."

아버지가 세 번째 또 물었다.

"얘야, 저게 뭐냐?"

아들은 짜증스럽게

"금방 까치라 했잖아요. 그것도 못 알아들어요?"

아들의 차가운 말투에 상처받은 아버지는 말없이 옛날 일기장을 꺼내보았다. 그 일기장은 아버지가 33세 때 쓴 것이었다. 그 일기장에는….

'세 살짜리 내 아들과 대청마루에 앉아있었다. 마침 창가에는 까치 한 마리가 날아와 앉았다. 호기심이 많은 세 살 먹은 아들이 나에게 물었다.

"아빠 저게 뭐야?"

"얘야 까치란다."

아들은 또 물었다.

"아빠 저게 뭐야?"

"얘야, 까치란다."

아들은 묻고 또 묻고…. 내 아들은 연거푸 스물세 번을 물었다. 나는 스물세 번을 까치라고 답을 하면서 내 마음이 왜 이리 즐거운지 몰랐다. 내 아들이 너무 귀엽고 사랑스러워서 품에 안아 주었다.

그리고 또 하나의 인터넷 사연이 소개되었다.

제목 : 시아버지의 문자 메시지

제게는 특별한 핸드폰이 두 개입니다. 한 개는 내 것이고, 한 개는 하늘나라에 계시는 시어머니의 것입니다. 제가 시어머니께 핸드폰을 사드린 것은 2년 전, 두 분 결혼기념일에 커플폰을 사드린 것입니다. 문자 기능을 알려드리자, 며칠 끙끙대시더니 서로 간에 문자도 나누게 되었습니다. 그러다 어머님이 갑자기 암으로 돌아가시고 유품 중에 핸드폰을 며느리인 제가 보관하게 되었습니다. 그러다 한 달 정도 지나 아파트 경비 일을 나간 아버님에게서 어머님 핸드폰으로 '띵동' 문자가 들어 왔습니다.

"여보, 오늘 야간 조니까 저녁을 어멈이랑 맛있게 드시구려."

순간 나는 놀랐습니다. 어머님 돌아가신 충격으로 아버님이 치매 증상이 온 것은 아닌지 불길한 생각이 들었습니다. 그날 밤 또 문자가 날아왔습니다.

"여보 추운데 이불 덥고, 잘 자구려, 사랑해요."

남편과 나는 그 문자를 보고 눈물을 흘렸고, 남편은 좀 더 지켜보자고 했습니다. 다음 날 저녁, 우리 식구는 아버님이 사 오신 동태로 매운탕을 끓인 후 소주 한 잔과 함께 아버님이 하시는 말씀을 묵묵히 들었습니다.

"지금도 너의 어미가 문을 열고 들어올 것만 같구나! 그냥 네 어머니랑 했던 대로 문자를 보낸 거란다. 답장이 안 오더라. 그제야 네 어미가 죽은 줄 알았다. 너의 내외가 내가 이상해진 줄 알고 내 눈치를 보며 아무 말 못 하는 거 다 안다. 미안하다 얘들아."

그날 이후 아버님은 어머님 핸드폰으로 다신 문자를 보내지 않으셨습니다. 하지만 요즘은 며느리인 저에게 문자를 보내십니다. 지금 나도 아버님께 문자를 보냅니다.

"아버님 빨래하려는데 속옷 어디 다 숨겨 두셨어요?"

엄마가 휴대전화를 사셨다. 문자를 어떻게 보내느냐고 물으셨다. 쌍자음은 어떻게 쓰냐고 물으셨고 사진은 어떻게 찍고 저장은 어떻게 하는지 물으셨다. 처음에는 자세히 가르쳐 드렸는데 점점 귀찮아지기 시작했다. 그런 내색을 눈치를 채셨는지 오늘은 여기까지만 하자고 먼저 말씀하셨다. 며칠 뒤 문자가 한 통 왔다.

'아들 바쁜 와중ㅁ왜도 시간 네주ㅎ서 고맘다. 밥 잘 쟁겨 머꼬 조십ㅎ해서 다녀ㅋ라.'

순간 멍했다. 코끝이 찡해졌다. 생전 처음 엄마에게 문자 메시지를 받았다. 큰 감동이었다. 오타가 더 눈에 들어왔고 그래서 더 뭉클했다. 몇 번을 읽고 또 읽었다. 글자를 처음 배운 아이처럼 저 문자를 보내려고 더듬거렸을 엄마를 생각하니 미안했다. 그리고 고마웠다.

며칠 뒤 집에 갔을 때는 이미 엄마는 문자의 달인이 되어 있었다. '반야심경'을 펴놓고 그 작디작은 휴대전화 버튼을 누르고 연습을 하셨던 것이다. 이제는 문자도 사진도 척척박사다. 아버지 못하신다고 옆에서 놀리시며 코치 역할을 해 주신다.

아버지의 문자는 딱 두 가지다. 하나는 로또 당첨번호 알려달라고 하시고 나머지는 손자 안부다. 아버지는 기계치다. 운전면허를 어찌 땄는지 의문스러울 정도라고 엄마는 고개를 절레절레 흔드신다. 거실 형광등도 못 갈아 끼우신다. 휴대전화는 오죽하실까. 하지만 손자한테 보내는 문자는 아주 잘 보내신다. 하나의 오타도 없는 매번 똑같은 내용이다. "진웅아 사랑한다."

엄마가 스마트 폰을 장만하셨고, 난 드디어 올 것이 왔구나 하고 단단히 마음을 먹었다. 짜증 안 내고 차근차근 설명 잘 드려야지 하고 생각했지만, 어느 순간 답답해서 화 비슷한 걸 내고 있었다. 엄마는 미안해서인지 헛웃음만 웃으셨다.

와이파이. 데이터, 계정, 밴드, 카톡, 패턴 차단 등등 나도 개념을 잘 모르는데 설명할 방법이 없었다. 그래서 전화, 문자, 사진, 카톡, 음악 듣기 등 기본적인 것만 말씀드리고 얼른 자리를 피했다. 처음엔 나도 스마트 폰 일주일 사용하고 답답해서 폴더 폰으로 다시 바꿨다. 이 요물은 먼저 사용해 본 사람이 일주일 정도 옆에서 그때그때 사용법을 가르쳐줘야 편리하게 쓸 수 있다. 적어도 내 경험상 그렇다. 그 요물과 엄마는 한바탕 씨름 중이시겠지.

요새는 엄마가 아침마다 좋은 글을 보내주신다. 그리고 항상 마지막엔 '밥 잘 챙겨 먹고 조심해서 다녀라'라고 오타 하나 없이 정확하게 쓰신다.

다섯 살 아들이 숫자를 썼다. 스케치북에 1부터 100까지를 하나도 틀리지 않고 숫자를 열 개 단위로 써 놓았다. 집 안이 발칵 뒤집혔다. 사실 가르친 적도 없었다. 벽에 숫자판을 무심코 붙여 놓았는데 그걸 보고 외운 모양이었다. 번쩍 들고 안아서 뽀뽀하고 난리가 났다. 우리 아들이 어쩌고저 쩌고하면서 만나는 사람마다 자랑을 했다. 반응은 두 가지로 나뉜다. 맞장구쳐 주면서 같이 놀라고 좋아해 주는 사람이 있고, 그게 뭐 어때서라며 시큰둥한 사람이 있다. 두 번째 사람은 괜히 미웠다.

아들 녀석은 집안 식구들 차 번호와 핸드폰 번호를 줄줄이 다 외운다. 한번 지나간 고속도로 이정표를 다 외웠다. 휴게소가 몇 킬로 남았으며 다음 이정표에는 뭐가 써 있는지 기억하고 있었다. 이제는 알파벳을 거꾸로 외우고 있다. 처음엔 신기했지만, 이제는 별스럽지 않다. 타고난 재능보다는 노력을 칭찬하라고 했다. 앞으로 지켜볼 일이다.

이제 아버지만 스마트 폰을 사시면 된다. 백지상태라 생각하고 아들한테 글자 가르쳐 주듯이 하나하나, 차근차근 설명해 드릴 참이다. 결코 짜증을 부리지 않을 것이다. 절대로.

사진 잘 찍으실 때마다 엉덩이를 토닥여 드릴 것이다. 문자 정확히 보내실 때마다 용돈을 드릴 것이다. 기능 하나하나 익히실 때마다 칭찬으로 야단법석을 떨 것이다. 내 어릴 적 걸음마 배울 때 당신이 박수 치며 잘한다고 칭찬했던 것처럼 그렇게 환호할 것이다. 이제 내가 그 빚을 갚을 차례다.

"아버지 기회 주실 거죠?"

5.

남자라는 이유로

한의사 친구가 있다. 엄마 보약은 한재 지어드렸고 이제 아버지 차례다. 아버지 연세의 어르신들이 많이 계셨다. 친절하고 진료를 잘한다고 소문난 한의원이었다. 그런 친구가 자랑스러웠다. 친구 말로는 어르신들이 집으로 가실 때 일회용 커피를 한 주먹씩 주머니에 넣어 가신다고 했다. 경로당에 갖다 놓고 드실 참이다. 그럴수록 더 많이 챙겨드린다고 했다. 고도의 영업 전략이다. 발 마사지 기구며 자외선 찜질기 등을 여러 개 준비해놓았다. 엄마도 발 마사지를 받으며 시원하다고 하셨다. 드디어 아버지 진료 순서가 되었다. 그때 살짝 아버지께서 말씀하셨다.

"너거 엄마는 들어오지 말라고 해라."

친구는 예의 바르게 인사를 했고 아버지께서도 '이 원장'이라고 부르며 예를 갖췄다. 이 원장은 신중하게 진맥을 했다. 아버지의 배도 여기저기 눌러 보았다. 사상체질에 입각하여 술술 이야기를 풀어냈다. 동의보감에 보면 어쩌구저쩌구하는데 믿음직스러웠다. 아버지의 식습관, 체질 등을 정확하게 짚어냈다. 장이 튼튼해 소화 기능이 좋고 기초체력은 건강하다고 했다. 기관지, 폐 기능이 상대적으로 약해 환절기 때 감기가 잘 걸릴 거라고 했다. 딱 들어맞는 이야기다. 나도 아버지의 체질을 그대로 물려받았다. 잘 먹고 잘 싼다. 인풋(In put)보다 아웃풋(Out put)이 더 중요하다고 누군가 말했다. 이어서 아버지께서 말씀을 이어 가셨다.

"밤에 소변이 잦아서 잠을 푹 못 자겠다. 그래서 다음날 피곤하고…. 전립선 약을 먹고 있는데 잘 안 듣네. 특히 발기가 예전 같지 않다."

이 대목에서 아까 어머니를 못 들어오게 하신 이유를 알게 되었다. 자존심이었다. 남자의 자존심이 걸린 문제였다. 실은 아버지의 사십 년 지기 친구분도 한의사가 있다. 일부러 그분한테 가지 않으셨다.

아들 체면도 살려 주시고 아버지 자존심도 챙기시는 아주 좋은 '신의 한 수'였다. 친구는 침착하게 말했다.

"아버님 걱정하지 마십시오. 그 연세가 되면 대부분 그렇습니다. 그쪽 기능 강화하는 약을 특별히 신경 쓰겠습니다."

그랬다. 아버지는 남자였다. 약을 다 드시고 한 번 더 같이 가자고 하신다. 효과가 있는 것이었다. 두 분 분위기가 싸늘했다. 엄마한테 이유를 여쭤보니 "너거 아부지한테 물어봐라." 하시고 아버지도 역시 "너거 엄마한테 물어봐라." 하셨다. 그런데 두 분 다 살짝 미소를 흘리셨다. 난 '이 분위기가 뭐지?' 하며 눈치를 살피고 있었다.

"잘한다! 나이 들어가 그런 데나 가고."

"와 내 나이가 어때서? 내가 뭐 큰 잘못이라도 했나?"

"젊은 애들 끼고 노니까 좋더나?"

"그래 좋더라! 와? 이 할망구야."

"뭐어 할망구? 저 할배가 노망이 났다. 한 번 쫓겨나가 볼래?"

이쯤 되면 내가 나서야 한다. 요즘 들어 엄마의 기세가 등등하다. 더 큰 소리 나기 전에 중재에 나섰다. 도대체 무슨 일로 그러시냐고 했더니 이유인즉슨 아버지께서 동네 친구분들과 함께 길 건너 상남동에서 일차로 고기집에서 저녁을 드시고 이차는 노래방을 가셨다고 했다. 여기서 잠깐 상남동을 소개하면 단위 면적당 노래방이나 술집, 모텔 수가 전국 1, 2위를 다투는 번화가이며 유흥가이다. 그까지야 뭔 대수랴마는 다음 날 날아온 문자 한 통이 싸움의 원인이었다.

"어르신 어제 만나서 반가웠습니다. 잘 들어가셨는지요. 다음에 또 놀러 오세요."

그랬다. 어제 노래방에서 도우미를 불렀고 전화번호를 남겼던 것이다. 그 문자가 엄마의 검열에 걸려 버려 저렇게 곤욕을 치르고 계셨다.

"으이그, 지우시든지 잘 숨겨 놓으시지. 이런 걸 걸리면 우짭니꺼?"

나는 웃으면서 아버지께 말씀드렸다.

"저기요, 머라카노. 남자라꼬 저거 아부지 편드네. 뭐어? 숨기라꼬?"

엄마가 역정을 내셨다. 난 엄마 옆에 가서 막내 특유의 넉살을 부렸다. 자세히 읽어보시라고 했다. 분명 '오빠'도 아니고 '어르신'이라고 문자가 왔다고. 이건 그 도우미 분도 아버지를 남자로 안 보고 나이 많은 영감이나 할배, 즉 '어르신'으로 봤다는 거라고 해석을 해 드렸다. 이 말을 할 때 난 아버지를 보고 눈을 찡긋거렸다. 아버지는 헛기침하시곤 옥상으로 올라가셨다. 그렇게 노래방 사건은 마무리되었다. 내겐 작은 희망이 있다. 아버지와 형 그리고 나 셋만 노래방을 가보고 싶다. '남자들만 은밀하게' 말이다. 구체적인 장면은 상상에 맡기겠다.

아버지는 요즘, '고장 난 벽시계', '천 년을 빌려준다면', '내 나이가 어때서' 등의 유행가를 좋아하신다. 난 인순이의 '아버지', 싸이의 '아버지'를 부를 것이다. 마지막 곡은 조항조의 '남자라는 이유로'를 부를 것이다.

"언제 한 번 가슴을 열고 소리 내어 소리 내어 울어볼 날이
남자라는 이유로 묻어두고 지낸 그 세월이 너무 길었어~"

6.

목욕탕에서

눈앞이 뿌옇고 숨은 턱턱 막혔다. 온도계는 78℃를 가리키고 있다. 마음속으로 열 번만 더 세고 나가자 했다. 문을 박차고 나가니 신선하고 시원한 공기가 코로 쑥 들어왔고 그제야 살만 했다. 아버지를 따라 처음 들어간 한증막이었다. 동네에 딱 하나밖에 없는 목욕탕은 주말이면 인산인해를 이루었다. 주인집 아들이 초등학교 같은 반 친구였다. 혹시나 공짜로 들어갈 수 있을까 하고 입구에서 두리번거리기도 했지만 한 번도 그런 경우는 없었다. 입구에서 한 시간 뒤에 만나기로 엄마랑 약속하고 헤어졌다. 남자만 세 명이라 혼자 들어가는 엄마 뒷모습이 외로워 보일 때도 있었다. 실은 초등학교 저학년 때까지 엄마를 따라 여탕을 갔고, 어느 아줌마와 싸우고 난 뒤 발길을 끊었다. 솔직히 말해 여탕 풍경은 기억이 하나도 안 난다.

입구에서 계산할 때 손만 간신히 왔다 갔다 할 정도의 구멍만 있어 일행이 몇 명인지 확인이 안 된다. 특히 친구 할머니가 카운터에 앉아있을 때는 아버지 목욕비만 내고 우린 공짜로 들어간 적이 몇 번 있다. 이 면을 빌어 친구에서 미안하다고 사과하고 싶다. 집에 올 때는 시원한 얼음과자를 하나씩 물고 왔다. 목욕탕에서 마시는 우유는 꿀맛 저리 가라 할 정도였다. 비닐로 된 우유 포장을 빨대로 잘못 찌르면 아래쪽까지 뚫고 나와 줄줄 흐르는 경우도 있었다. 이럴 땐 자세 안 나오게 입을 대고 빨아 먹어야 한다. 목욕탕의 열기로 인해 잘 익은 홍시처럼 빨간 얼굴을 하고 우유 한 방울이라도 안 흘리려고 애쓰는 형과 나의 모습은 지금 생각해봐도 웃음이 절로 난다. 특히 병에 담긴 우유는 더 고소하고 맛있었다. 그놈의 뚜껑은 손가락으로 잽싸게 찔러서 따야 제맛이다.

온탕에는 아버지 눈치 보며 잠시 앉아있다가 오로지 찬물에서만 놀았다. 그때는 어찌 그리 숨 막히던지. 냉탕에서는 오래 잠수하기 시합을 했고 되지도 않은 폼으로 수영도 했다. 때를 밀어야 할 때가 되면 형님 먼저 아우 먼저 싸우다가 볼기짝 한 대씩 보기 좋게 얻어맞고서야 울상을 하고 아버지 앞에 섰다. 때가 나올 턱이 없었다. 아프기만 했고 그런 우리를 아버지는 온 힘을 다해 씻겨주셨다. 집에 돌아오면 어김없이 엄마의 검사를 받았고 다리가 허옇다고 남자 셋은 또 잔소리를 들어야 했다. 아들 두 놈 때를 밀고 나면 얼마나 힘드셨을까 하는 생각을 이제야 해보게 된다.

맥주를 시원하게 한 잔 쭉 들이켜시던 아버지의 모습을 지금은 내가 하고 있다. 경남 문화의 일 번지 상남동 어느 사우나에 들어갔다. 동네가 동네인지라 온몸에 용이며, 호랑이며 심지어 부처님까지 그려진 어깨들이 샤워하고 있었다. 난 그저 슬쩍 훔쳐볼 뿐이었다. 서너 살쯤 되어 보이는 꼬마 녀석이 그 어깨들한테로 다가갔다.

"아빠 호랑이, 호랑이 무서워."

그러면서 한 어깨의 등짝을 가리켰다. 그 애 아버지는 급히 탕에서 나와 애를 번쩍 들어 안고 저쪽으로 가 버렸다. 어깨는 아랑곳하지 않고 샤워를 계속하고 있었다. 그 애 아버지의 허벅지에는 둘리 문신이 앙증맞게 그려져 있었다.

몸에 그림을 함부로 그려서는 안 되는 것이었다. 내 처남도 어깨와 다리에 잉어며 호랑이며 완전 동물의 왕국이다. 그래서 장인 어르신과 목욕탕에 같이 간 적이 없다고 했다.

방학 동안 실컷 놀았다. 세상에서 가장 하기 싫은 일 중 하나가 밀린 일기 쓰는 것일 게다. 무슨 배짱인지 당당하게 안 썼다고 했고 시원하게 종아리를 열 대 맞았다. 일요일 오전이 왔고 아무 생각 없이 목욕탕을 갔는데 아버지께서 시퍼렇게 멍든 내 다리를 보시고야 말았다.

"이게 머꼬 인마, 누한테 와 맞았노?"

자초지종을 말씀드렸더니 맞아도 싸다고 하셨다.

"앞으로 이런 흉터 내 눈에 보이지 마라."

그렇게 말씀하시는데 눈빛은 불을 뿜고 있었다. 그건 아비된 자로서 분노의 눈빛이었고 아픔의 눈빛이었다. 내가 맞을 때 느낀 고통은 잠시였지만 그 멍이 사라질 때까지 아버지는 보실 때마다 눈을 찌푸리셨고 화가 섞인 얼굴로 혀를 차셨다. 내 새끼가 손끝이라도 다쳐 울고 있으면 인상이 자동으로 찡그려지는데, 그 흉터를 보신 당신은 어떠했을까. 지금에서야 감히 상상할 수 있다.

아들은 G 사우나를 좋아한다. 넓고 깨끗하다. 아이들이 놀기 적당한 온도와 깊이의 탕도 따로 마련되어 있다. 폭포도 떨어진다. 거기서 물안경을 쓰고 혼자서 한 시간은 잘 논다. 한증막은 어릴 때 나처럼 죽어라고 안 들어간다. 그리고 나와서는 구운 달걀을 보기 좋게 '탁' 깨서 두세 개 금방이다. 신발장 번호나 옷장 번호는 내가 따로 기억할 필요가 없다. 숫자에 밝은 아들이 알아서 척척 챙겨 준다. 나를 닮아 다리가 늘씬하고 길쭉하다. 엉덩이도 위로 딱 올라붙어 멋있다. 난 고슴도치 아빠다. 간혹 다리에 멍 자국이 눈에 띈다. 추궁하듯이 물어보면 태권도장에서 부딪혀서 그렇다고 했다. 난 예민해지고 있다.

身體髮膚 受之父母 不敢毀傷 孝之始也
신체발부 수지부모 불감훼상 효지시야

우리 몸은 털 하나라도 부모에게 받지 않은 것이 없으
니 함부로 다치지 않게 조심하는 것이 효의 시작이다.
여기서 몸을 다치게 하지 않는다는 말은 몸에 상처를
낸다는 것 외에도 나쁜 짓을 하여 형벌을 받지 않는다
는 뜻도 포함되어 있다.

- 공자 〈효경〉 중에서 -

몸뚱이 함부로 굴려서는 안 되는 이유야 어디 한두 가지
겠냐만은 기침 한 번에도 우리네 부모님 가슴은 생채기가
심하게 나기 때문이란 걸 알아야 한다.

인근에 물 좋은 온천이 있다. 하루는 거동이 불편한 노부를
아들이 업고 탕 안으로 들어 왔다. 나도 모르게 벌떡 일어나
거들어 드렸다. 그 아들분도 족히 예순은 넘어 보였다. 참 보
기 좋았다. 샤
워를 시키고
비누칠을 하고
때를 밀어 드
리는 모습을
보았다. 그분

도 빚 갚고 있는 모양이다.

다음 주 삼 대가 목욕탕에서 나란히 앉아 서로 등 미는 모
습이 공개될 예정이다. 다들 부러워하겠지. 돌아오는 길에는
시원한 콩국수 한 그릇 곱빼기로 먹을 것이다.

7.

우리 형

　2kg 차이가 났다. 어릴 때부터 난 덩치도 컸고 몸무게도 우리 형보다 많이 나갔다. 동네 목욕탕에 가서 몸무게를 재면 그랬다. 아마 10살 정도 때부터 그랬던 것으로 기억한다. 형은 몸이 약해서 보약을 많이 먹었고 몸에 좋다는 음식도 많이 먹었다. 그런 형이 나는 질투가 났다. 난 항상 건강해서 감기조차 잘 안 걸렸다. 약도 먹어보고 싶었다. 그래서 몰래 형 보약을 먹다가 엄마에게 혼쭐이 났다. 그러기에 더욱 형이 미웠고 부러웠다. 몸이 약한 것도 있지만, 장남이라서 더 많이 받고 더 많은 혜택을 누린다고 생각했다. 그런 둘째의 서러움은 나의 성격 형성에 어느 정도 영향은 있었을 것이다. 지기 싫어하는 나와 형은 맨날 싸웠고 주먹다짐을 할 때면 코피가 터지도록 싸웠다. 자전거를 타면 항상 뒤에 형이 탔고 무거운 짐을 들고 힘쓰는 일도 내가 다 했다. 그렇게 우린 경쟁자였고 스파링 상대였지만 집에서의 대우는 레벨이 달랐다.

그렇다고 맨날 사이가 안 좋은 것은 아니었다. 동네 골목에서 축구, 야구 등을 할 때는 한편이었고 둘이서 할 때는 골키퍼, 포수 등 힘든 역할은 내 자리였다. 그러다가 수틀리면 또 싸우곤 했다. 동네에 우리 형제랑 같은 학교, 같은 나이의 형제는 모든 면에서 비교 대상이었고 경쟁 상대였다. 형과 나는 야구에서 지면 작전을 짜고 연습을 했고 축구에서 지면 승부차기 연습을 했다. 우린 두 살 터울이었다.

형이 어느 날 자전거를 타고 약수를 뜨러 가자고 했다. 난 흔쾌히 집을 나섰고 형은 집에 있는 물통이란 물통은 다 챙겼다. 약수터에 가니 생각보다 사람들이 많았고 형의 인내심이 그 정도일 줄은 몰랐다. 물을 다 채우는 데 거의 2시간 정도 걸렸던 것으로 기억된다. 집에 가면 엄마가 칭찬해 주실 줄 알았는데 도착하자마자 등짝을 있는 힘껏 때리셨다. 그제야 난 알았다. 공부하기 싫어 일명 '땡땡이'를 치는 형을 도와준 것이었다. 형은 좀 약삭빠르고 잔꾀가 많은 스타일이다. 형과 나는 초등학교부터 대학까지 동문이다. 그래서 많은 도움을 받았고 학교는 늘 같이 다녔다. 고등학교 때는 특히 형의 덕을 톡톡히 봤다. 이름표나 배지를 안 가져간 날에는 3학년인 척을 하고 형이랑 어깨동무하고 교문을 들어가면 무사통과였다.

대학생이 된 형은 어느 날 술이 떡이 되어 친구 차에 실려왔고 난 단숨에 들쳐업고 집으로 올라왔다. 우리 집은 아파트 5층이었다. 한겨울에 이마에 땀이 줄줄 흘렀다. 지금 생각해도 어디서 그런 힘이 나왔는지 나도 의문이다. 그런데 자다가 그 날 술을 다 토해내고 있는 게 아닌가. 요즘 만나 술 한 잔씩 할 때면 그때 기억에 둘이서 웃곤 한다. 술집이라고 난생처음 간 곳은 대학가 앞 호프집이었고 형을 따라가 대학생인 척했다. 세상에 태어나 처음 접하는 문물들이 다 새로웠을 텐데 길을 먼저 터준 형이 있어서 난 좋았다. 그러면서도 티격태격 우리 싸웠고 밥 먹다가, TV 보다가 싸우고 아무튼 사소한 일들로 다투기도 정말 다퉜다. 형은 몸무게 미달로 방위병이 되었고 집에서 맨날 출퇴근했다. 난 엄청 놀려댔다.

국가의 부름을 받고 나도 군에 입대를 준비하고 있었다. 그런데 무슨 이유인지는 모르겠으나 형과 싸운 지 한 달 정도 지났고 우린 서로 말은커녕 눈도 안 마주치는 냉전 상태였다. 화해는 해야겠고 입대는 내일이고… 무작정 방문을 열고 들어갔는데 할 말이 없었다. 그냥 묵묵히 시간만 흘려보냈고, 한 시간 정도 지났을까 '에라 모르겠다'는 생각이 들어 와락 형을 끌어안았다. 그리고 약속이라도 한 듯이 둘이 펑펑 울었다. 그동안 미안했다고 잘 다녀오라고.

그렇게 형제는 뜨거운 가슴을 나눴고 갈등과 묵은 감정은 한순간에 사라졌다. 혹시 가족들과의 갈등으로 괴로운 분들은 먼저 손을 내밀면 된다. 피는 물보다 진하다. 가끔

피보다 진한 물도 있긴 하지만.

대학 입학과 졸업을 수석으로 한 경우는 드문데 우리 형이 그랬다. 학교 다니는 내내 장학금을 받았고 그런 형은 우리 가족의 자랑이었다. 특히 엄마의 자랑이었다.

아버지와 장남 사이가 좋은 집은 그리 많지 않다. 왜냐하면, 엄마를 사이에 두고 아버지를 경쟁자라고 생각하기 때문이란다. 세상에 태어나 처음 만나게 된 이성이 엄마인데 그런 엄마를 대하는 아버지의 행동이 마음에 안 들면 서서히 갈등이 생기고 좀 더 확대되면 남자끼리의 자존심 대결로 이어진다고 한다. 그래서일까? 아직까지 둘 사이는 멀다. 한마디로 애증의 관계다. 옆에서 보고 있노라면 유치하기도 하고 답답하기도 하다.

그래도 장남은 장남이었다. 몇 년 전 가족끼리 지리산 일출을 보기 위해 길을 나섰는데 처음부터 끝까지 제일 뒤에서 엄마를 모시고 올라오는 게 보였다. 나야 뭐 촐랑거리고 앞서거니 뒤서거니 하면서 올랐지만. 또 한 번은 아버지께서 맹장 수술로 일주일 정도 입원을 하셨는데 그때도 형은 장남 노릇을 멋지게 해냈다. 종합병원의 업무를 혼자서 척척하는 걸 보니 멋있었고 든든해 보였다. 그런 모습 때문일까 아직까지도 엄마는 그때 일을 떠올리며 '역시 장남이다, 우리 장남 최고다' 하신다.

우리 형제는 손이다. 손처럼 붙어 있지만, 앞뒤가 완전히 다른 신체 부위는 없다. 성격이 그렇고 하는 행동이 그렇고 심지어 돈 쓰는 습관까지 그렇다. 엄마는 늘 말씀하신다. 둘이 반반 섞어놓으면 딱 좋겠다고. 난 형의 꼼쟁이 같은 성격이 맘에 안 들어 아낌없이 펑펑 썼다.

뭐 펑펑이라고 할 정도의 용돈은 아니지만 한 달 치 용돈을 받으면 난 2주 정도 지나면 바닥이 났고 형은 항상 남아 돌았다. 그래서 비굴했지만 난 형의 심부름을 하고 돈을 얻었고 때론 빌려서 안 갚아서 싸우곤 했다. 뭐든 모으길 좋아하는 형 성격 때문에 엄마와의 싸움도 있었다. 산책하면서 공중전화카드를 수집해 왔다. 도대체 어디에 쓰려고 그랬을까. 지구 환경을 생각하는 것도 아닐 테고. 책상 서랍에는 열쇠고리며, 쓸데없는 잡동사니들이 가득했다. 엄마는 몰래 버리느라 애썼고 형은 모으느라 애썼다. 참고로 형은 쥐띠다.

소개팅도 했고 선도 많이 봤지만, 형은 아직 솔로다. 축하할 일인지는 모르겠다. 책장 한 켠에 연애 잘하는 법이란 책을 보고 난 코웃음을 쳤다. 키스를 책으로 배워라. 책으로 배워.

그래서 여러 명의 여자 후배들을 소개시켜 줬고 형은 매번 퇴짜를 맞았다. 그러곤 항상 내 탓을 했다. 사태가 이 지경에 이르자 집에는 비상이 걸렸다. 아버지께선 형 장가가기 전에는 나도 못 간다 했다. 난 보기 좋게 무시하고 결혼을 했고 손자 손녀들을 품에 안겨드렸다.

엄마는 매번 선이든 소개팅이든 있는 날이면 차려입고 나가는 형 뒷모습을 보고 감탄을 하신다. 역시 고슴도치 엄마고 엄마의 장남이었다. 〈우리 형〉이란 영화가 있다. 우리 형제와 비슷한 설정이라 그 영화를 보며 많이 울고 웃었다. 엄마께도 보여드리니 딱 너희들 이야기네 하시며 눈물을 닦아 내셨다. 특히 남자 형제들은 이 영화를 같이 보기를 '강추' 한다.

아직까지도 생선살을 발라 우리들 숟가락 위에 얹어 주시는 아버지와 그걸 화를 내며 싫다고 하는 형은 불과 일주일 전까지만 해도 한집에 살았다. 이 말은 나이가 들면 부모 곁을 떠나 독립을 해야 하는데 그러질 못했다는 뜻이고 갈등의 소지도 많다는 뜻이다. 사소한 생활습관 때문에 부딪히고 싸우고 급기야 아버지는 형에게 출가 명령은 내리셨고 형은 '게기고' 있었다. 나 같으면 벌써 짐 싸고 나와 혼자 편하게 살았다. 형은 그때의 지리산에서처럼 엄마를 끝까지 지키고 싶어서였을까. 도대체 마음속을 읽을 길이 없다. 얼마 전 강원도 어느 곳에 직장을 구해 자리 잡았다고 전화가 왔다. 이미 아버지는 주소까지 다 알고 계셨다. 아무 신경 안 쓴다고, 속이 후련하다고 하셔놓고선 말이다.

난 형을 존경한다. 나는 도저히 할 수 없는 일들을 형은 잘해낸다. 3시간 연속 책상에 앉아서 자격증 공부를 한다. 이런저런 걸 다 합하면 열 개 정도는 되지 싶다. 저걸 다 어디 쓸려고 하나 했더니 다 쓰이더라. 강원도 간 것도 그 자격증 중 하나 때문이다. 또 어찌어찌하여 주식에 관련된 책을 내기도 했고 정식 명함은 자산관리사, 펀드매니저다. 그리고 부산 해운대에 아파트 한 채를 가지고 있고 내가 집을 구하는 데도 큰 금액을 무이자로 빌려주었다. 난 천천히 아주 천천히 갚아 나가고 있다. 내겐 큰 우산이며 든든한 지원군이다. 조카들에겐 세상 하나뿐인 큰아버지다. 같은 피가 흘러서인지 오랜만에 만나도 애들이 참 좋아하고 잘 따른다. 역시 피는 물보다 확실히 진하다.

이 글을 쓰고 있자니 형 생각이 많이 난다. 외지에서 밥은 잘 챙겨 먹고 있을까, 낯설고 물선데 적응은 잘하고 있으려나. 동생인 내가 이정도면 부모님은 오죽하실까 어휴.

가장 고등동물인 인간이 자식 교육에는 가장 실패한다고 한다. 저 날아다니는 참새도 알에서 깨어나 어느 정도 지나면 높은 곳에서 떨어뜨린다는데 왜 인간들은 놓아주질 못해 아등바등 일까. 가장 고등동물이라 그런가 보다.

5월 초 황금연휴가 이어진다. 피붙이한테서 전화가 왔다.

그때 내려갈 테니 회 한 접시에 소주 한잔하자고. 살다 보니 이런 전화를 다 받네. 멀리 있어 보니 가족이 그립고 동생이 보고 싶은가 보다. 닭살 좀 돋으면 어때. "동생 잘사나 보고 싶다." 이 한마디 해주면 될 것을. 난 들은 셈 치고 횟집 섭외해야겠다. 그 피붙이 마중 나갈 생각을 하니 벌써 가슴이 설렌다.

8.

다시 한 번 더

하늘에서 별이 쏟아졌다. 손을 뻗으면 별을 딸 수 있을 정
도였다. 새벽 6시 우리 가족은 지리산 장터목 산장을 출발
해 천왕봉으로 향했다. 선두에는 내가 섰다. 아버지, 엄마,
형님 순서로 산등성이를 타고 있었다. 공기는 코끝이 시릴
정도로 차가웠지만 깨끗했다. 배낭을 무거웠지만, 발걸음은
가벼웠다. 한 시간 반 정도 지나면 정상에 도착해 일출을 맞
이할 수 있었다. 날씨는 맑았으며 바람은 없었다. 그렇게 많
은 별들을 그렇게 가까이에서 볼 수 있는 건 지리산이기에
가능했다. 마치 우리 가족의 지리산 정복을 축하라도 하듯
이 하늘에서 폭죽을 터뜨려주는 것 같았다. 한참을 걸었다.
입김이 연기처럼 뿜어져 나왔다. 잠시 쉬면서 마신 물은 차
갑고 날카롭게 목을 타고 넘어가 식도를 지났고 장에 이르
는 것이 느껴졌다. 가슴이 뻥 뚫리는 기분이었고 갈증을 한
번에 씻을 수 있었다. 저 멀리서 '야호'라고 외치는 소리가 들
렸다. 정상이 가까워지고 있음을 직감했다. 저 멀리 보이는
산자락에서는 해를 토해내기 위해 주위를 온통 벌겋게 물들

이고 있었다. 걸음을 재촉했다. 밀고 당기며 우리 식구들은 정상에 도착했고 누가 먼저라고 할 것 없이 만세를 불렀다. 부상 없이 정상에 잘 도착했다는 안도감의 표현이었다.

합장하고 기도를 하는 사람들도 있었고 일행들과 간단한 음식을 먹는 사람들도 있었다. 그들 틈에서 우리 가족도 자리를 잡았다. 혹시 뒤로 넘어질까 봐 형은 엄마 뒤를 든든히 받치고 있었다.

서로의 얼굴을 확인할 수 있을 정도로 밝아왔다. 빨간 점이 보일 듯 말 듯하더니 어느새 벌건 불덩이가 쑥 올라왔다. 그 광경을 일회용 카메라에 담았다는 게 아쉬울 따름이다. 삼 대가 덕을 쌓아야 볼 수 있다는 지리산 일출을 가족과 함께 맞이하는 역사적인 순간이었다. 그 날 떠올랐던 붉은 해는 아직도 우리 가족들 가슴에 뜨겁게 살아 숨 쉬고 있다. 가끔 그때의 일을 회상하면 엄마의 눈동자는 흔들린다. 가족 여행이 주는 평생 남을 추억과 감동 때문일 것이며 다시는 같이 못 볼 거라는 아쉬움 때문일 것이다. 내가 입대하기 전 추억을 만들자고 제안했고 가족들이 흔쾌히 받아들여 이뤄진 여행이었다. 그때 형은 처음부터 끝까지 엄마를 단 한 번도 앞지르지 않고 뒤에서 보필하였다. 그 여행 덕분인지 난 기분 좋게 입대를 할 수 있었다. 중산리로 내려와서는 막걸리와 파전을 후다닥 먹어 치웠다. 출발할 때 차 열쇠를 트렁크에 넣고 닫아버린 아버지의 해프닝 때문에 한 시간을 기다렸지만, 누구 하나 짜증을 내거나 탓하지 않았다. 팀워크가 좋아진 것이다. 딱 한 번만 더 갈 수 있다면…. 다시 한 번만 더.

엄마가 좋은 등산화를 하나 장만하셨다. 매일 동네 뒷산을 두 시간씩 등산하셨다. 궂은 날씨도 아랑곳하지 않으셨다. 두 달 뒤 설악산 봉정암에 가신다고 했다. 서서히 준비하시는 것이었다. 다른 사람에게 피해를 주면 안 된다는 평소 생활습관이 몸에 배신 탓이다. 봉정암은 우리나라에서 해발이 가장 높은 곳에 위치한 부처님 진신 사리탑이 있는 유명사찰이다. 나는 불교 신자는 아니다. 하지만 엄마를 모시고 갔다 오라는 아버지의 분부가 있었다.

이박 삼일 일정으로 버스를 타고 강원도까지 가는 길은 수학 여행 가는 기분이었다. 대여섯 시간 동안 계속 나오는 염불만 빼고는 다 좋았다. 도착하니 강원도의 사월은 봄이 아니었다. 백담사를 구경했고 오세암으로 오르는 등산코스였다. 등산길 옆으로는 다람쥐들이 반겨 주었고 사탕을 던져주니 도토리처럼 잘도 먹었다. 세 시간 정도를 쉬지 않고 걸었는데 내 평소 체력을 믿었다가 큰코 다치고 말았다. 다리가 풀려 쉬는 횟수가 점점 늘어갔다. 그에 비해 엄마는 빠르진 않았지만, 꾸준히 걷고 계셨다. 뒤처지지 않으려고 안간힘을 썼고, 드디어 첫날 묵을 오세암에 도착했다. 남녀 숙소가 따로 있었다. 버스 기사님, 아저씨, 그리고 나 이렇게 남자는 세 명뿐이었다. 경험 많은 기사분은 조용히 우리를 절집 부엌으로 불러냈고 거기서 황태와 소주 댓 병을 몰래 먹었다. 그 맛은 따로 설명할 필요가 없을 것이다. 피곤하기도 했고 취기도 약간 올라서 잠이 쏟아질 줄 알았는데 점점 정신이 맑아지는 것이었다.

자정이 되어 목탁소리가 들렸고 목을 축이고자 약수 한 바가지 마시러 나갔는데 법당 안 광경에 깜짝 놀랐다. 많은 엄마들이 목탁에 맞춰 절을 하고 있었다. '그 엄마들은 피곤하지 않았을까, 다리 근육이 뭉치지 않았을까마는 그 무언가를 간절히 빌며 기도를 하고 있었다. 내 발길도 어느새 법당 안으로 들어갔고 백팔 배를 해보고자 하는 마음이 생겼다. 다리 근육이 모여 처음엔 앉기조차 힘들었다. 오십 배 정도 하니 아무렇지 않았고 어느새 난 눈물을 흘리고 있었다. 그동안 살아오면서 아버지, 엄마에게 잘못했던 일들이 떠올라서 반성의 눈물이 나도 모르게 볼을 타고 흐르고 있었던 것이다. 백팔 배가 끝났다. 나와서 약수를 한 바가지 더 마셨다. 시원한 바람이 내 이마의 땀을 닦아 주었다. 무슨 마음이 일어서일까 난 다시 백팔 배를 했고 그때는 우리 가족 다 잘되라고 마음속으로 빌면서 절했다. 그 다음 날 아침 상쾌하게 일어나서 다시 출발했고, 어느새 깔딱 고개가 눈앞에 펼쳐졌다. 숨이 깔딱 넘어간다고 해서 부쳐진 이름이다. 바위나 돌들이 바로 코앞에 있을 정도의 경사였고 뒤를 돌아보니 아찔했다. 두 손, 두 발로 기어서 올랐다. 몇 고개를 넘었다. 가다 쉬다를 반복하면서 주먹밥을 먹었고 사탕과 초콜릿으로 영양분을 보충했다. 줄지어 올라가는 일행들의 뒷모습은 장관이었다. 알록달록한 등산복과 배낭의 색깔이 몇 백미터 길이로 이어져 있어 하늘에서 보았다면 색을 예쁘게 입힌 동아줄이 꾸물꾸물 올라가는 형태였을 것이다. 성지순례의 길은 멀고도 멀었다. 어느 순간 주위를 둘러보니 낮은 봉우리들의 꼭대기가 많이 보였다. 그만큼 높이 올라왔다는 것이었고 최종 목적지가 얼마 남지 않았음을 알았다. 걸음을 재촉하여 봉정암에 다다랐다.

난 또 한 번 놀랐다. 도착하자마자 사리 탑 앞에서 엄마들은 백팔 배를 하기 시작했다. 어디서 그런 힘이 나오는지 도대체가 이해가 안 됐다. 세상에는 알 수 없는 일들이 정말 많지만, 그 상황을 겪어보지 않으면 말로는 설명이 안 되는 장면이었다. 허리가 굽을 대로 굽은 백발의 할머니도 절을 했다. 우리네 엄마들은 평생 누군가를 위해 기원하고 기도하는 것이었다. 그 대상이 누군지 이제야 짐작을 할 수 있을 것 같다.

하루에 몇천 명씩 다녀간다고 했다. 그 많은 사람들이 먹을 음식들은 헬기로 이송하며 삼 일에 한 번씩 작업한다고 했다. 절에서 주는 밥은 싱거운 미역국과 허연 배추김치 몇 조각이 다였다. 음식은 남기지 않고 다 먹어야 했다. 몇 순가락 말아서 휘휘 저어 먹으면 끝이었다. 라면이 간절히 생각났다. 군대 훈련소에 다시 간 느낌이었고 평소 우리가 먹는 음식이 얼마나 소중한지 절실히 느꼈다.

점심을 먹고 대청봉까지 도전했다. 언제 다시 엄마와 같이 설악산 대청봉을 걸어서 가볼 수 있을까 하는 생각에 억지로 무거운 다리를 움직였다. 대청봉 가는 길에 있는 중청대피소에서 먹은 라면 맛은 여태껏 먹어 본 것 중 최고였다. 엄마는 아직까지도 내가 라면이 먹고 싶어서 길을 나선 것으로 오해하고 계신다. 다시 봉정암으로 돌아왔고 거기서 하룻밤을 묵었다. 여전히 엄마들의 기도는 계속되었다. 하산 길은 빨랐고 몸도 마음도 가뿐하게 내려왔다. 돌아오는 차 안에서 들리는 염불이 정겨웠다.

요새도 봉정암 가는 버스 편을 가끔 보게 된다. 그 버스를 엄마와 함께 다시 한 번 타고 싶다. 설악산을, 봉정암을 딱 한 번만 더 갈 수 있다면…. 다시 한 번만 더.

형곤이 형님이 지리산 자락에 펜션을 개업했다. 하동 쌍계사 계곡 근처라 하니 물 좋고 산 좋고 공기 좋은 곳이다. 결혼하고 나서는 아버지, 어머니 모시고 여행을 한 번도 가본 적이 없었다.

돼지고기 목살을 사고 음식을 준비했다. 여행은 출발하기 전 설레는 마음과 준비하는 과정부터 이미 시작된다고 했다. 옷 가방을 싣고 부모님을 모시러 가니 벌써 내려와 계셨고 선글라스와 모자로 한껏 멋을 부리셨다. 가는 차 안에서 손자는 할아버지 품에, 손녀는 할머니 품에 안겨 노닥거렸고 부모님께서도 그런 여행이 처음이라 입가에 미소가 끊이지 않았다.

도착한 펜션에서는 형님이 환한 얼굴로 반갑게 맞이해 주었다. 아버지와의 인연도 깊은지라 이런저런 이야기가 꽃을 피웠다. 아껴둔 술병들이 줄줄이 나왔고 공기가 좋아서인지 잘 취하지 않았다.

집을 떠나 여행을 가보면 그동안 못했던 말이나 감정들을 쉽게 내보일 수 있다. 과거의 추억들이 다시 떠오르고 어린 시절 사건 사고들도 화젯거리가 된다.

지리산 일출 여행과 설악산 봉정암을 다녀온 이야기는 평생 가슴에 남을 추억이다. 엄마는 후배들에게 말씀하신다. 억지로 시간을 내서라도 여행을 가라고 그것도 가족과 함께.

그렇게 좋으셨을까. 생에 단 한 번이어서 더 특별했을까. 일 년에 한 번씩은 가족 여행을 가야겠다고 마음먹은 지가 언제인지 모르겠다. 마음만 잔뜩 먹어서 배만 부르다. 시간은 기다려주지 않는다. 지금 바로 일정 잡아야겠다. 바로 지금이다.

아버지는 없다
고향 마을에도
타향거리에도

아버지

하늘 높이 불러보지만
텅
빈
세월뿐이다

- 강신용 〈아버지〉 -

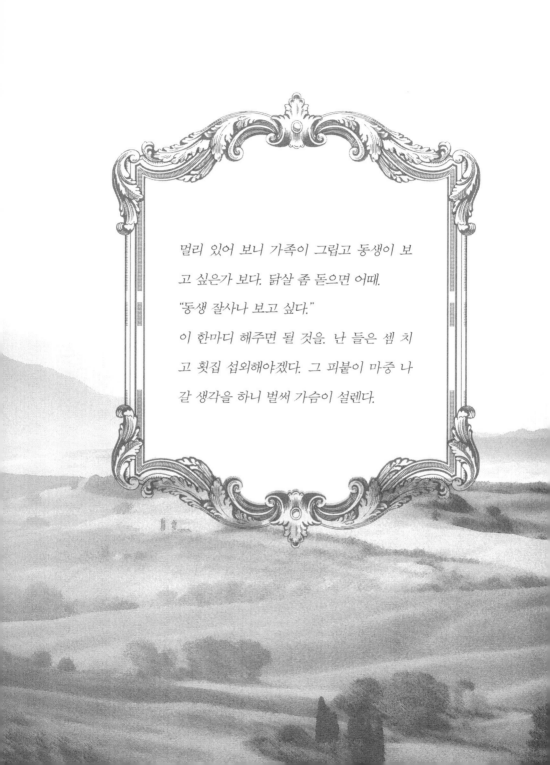

멀리 있어 보니 가족이 그립고 동생이 보
고 싶은가 보다. 닭살 좀 돋으면 어때.

"동생 잘사나 보고 싶다."

이 한마디 해주면 될 것을. 난 들은 셈 치
고 횟집 섭외해야겠다. 그 피붙이 마중 나
갈 생각을 하니 벌써 가슴이 설렌다.

제4장

나는 어떤 부모인가

1.

나실 제 괴로움 다 잊으시고

출산의 고통을 알지는 못한다. 상상조차 할 수 없다. 하지만 생명을 탄생시키기 위해 목숨을 걸어야 한다는 것쯤은 알고 있다. 이 세상의 모든 엄마들은 그 위험과 고통을 기꺼이 받아들인다. 그래서 모든 엄마들은 위대하다. 존경받아 마땅하다.

내 아내도 위대했다. 예정일을 정확히 맞춰 규칙적으로 진통이 왔다. 끙끙 앓는 소리 때문에 다음 날 출근에 지장 있을 수 있다고 하며 나보고 옆방에 가 있으라고 했다. 난 옆에서 손이라고 잡아 주고 있겠노라 했다. 약간 짜증 섞인 말투로 혼자 있을 테니 빨리 가라고 했다. 조금 더 있다가는 화를 낼 것 같았고 머리채를 잡힐 것 같아 자리를 피해 주었다. 그렇게 어미는 고통을 혼자서 다 감수해 내고 있었다. 온몸의 신경이 아내한테 쏠려 있었고 텔레비전을 켜 놓았지만, 눈에 들어오지 않았다. 시계만 자꾸 쳐다보았고 손에는 땀이 잡혔다. 시곗바늘이 2시쯤 되었을 때 아내는 나를 불렀다. 주위는 깜깜했고 가로등 불빛만 졸린 듯 깜박거리고 있었다. 서둘러 옷을 챙겨 입고 병원으로 갔다. 가는 동안 차 안에서 계속 신음을 했다. 제대로 앉지를 못했다. 팔로 손잡이를 잡은 채 엉거주춤한 자세로 병원까지 갔다. 5분 정도 거리에 있는 병원이 너무나도 멀게 느껴졌다. 안절부절 못하는 나를 오히려 아내가 위로했고 천천히 안전운전하라는 말까지 했다.

손을 잡고 부축을 해서 분만 대기실로 올라가는 동안 아내의 힘이 그렇게 셀 줄은 몰랐다. 손아귀의 힘이 장난이 아니었다. 고통을 참기 위해 온 힘을 손으로 보냈을 것이다. 내 손등에는 손톱자국이 깊게 패였고, 아내의 아픔을 어느 정도는 짐작할 수 있었다.

간호사들은 깜짝 놀랐다. 이미 80퍼센트 정도 진행이 되었고 이정도면 엄청 아팠을 텐데 어찌 참았냐고 했다. 아내는 출산이 처음이라 어느 정도 아파야 아기가 나오는지 몰랐다고 했다. 정답이지만 옆에서 그 소리를 들은 나는 안타깝기도 하고 불쌍하기까지 했다. 아들은 세상 구경을 빨리하고 싶었는지 분만실로 들어간 지 5분 만에 태어났다. 꼭 감은 눈과 쭈글쭈글한 얼굴이었다. 울음소리가 떠나갈 정도로 힘차지는 않았던 기억이다. 따뜻한 엄마 몸속에서 있다가 나와서인지 바들바들 떨고 있었다. 손, 발에 시퍼런 인주를 묻혀 확인 도장을 찍고 발목에는 우리 이름을 써놓은 띠를 채웠다. 몸무게는 2.4킬로그램 정도로 약간 작은 편이었다. 작게 낳아서 크게 키우라고 했다. 그렇게 아들이 태어났고, 그 순간 아내의 첫 마디는 이랬다.

"엄마야 우리 새끼 예쁘다. 입이 안 튀어나와서 다행이다."

의사도 웃었다. 간호사도 빵 터졌다. 여태껏 무수히 많은 산모들을 봐 왔지만 그런 말을 하는 사람은 처음 본다고 했다. 나도 옆에서 웃었다. 그리고 울었다. 아내는 약간 돌출형이다. 난 개의치 않는데 본인은 살면서 엄청 스트레스였을 것이고 혹여 2세도 그럴까 봐 임신 내내 혼자서 걱정했던 것이 분명했다. 그런 아픔을 헤아려보니 그녀가 너무 착하고 가여웠다. 그렇게 긴박했던 분만실은 서서히 정리되고 있었다.

사람마다 각자 태몽이 있다. 임신하기 전이나 임신 몇 주 정도 지났을 때 가까운 친척들이나 본인들이 꿈을 꾼다. 다 맞거나 믿을 수는 없지만, 옛날부터 내려오는 말이 대부분 맞아 떨어진다. 가령 남자아이를 임신했으면 호랑이 꿈을 꾸거나 씨가 있는 과일을 먹는 것이 태몽이다. 꽃이나 비녀 등 여성스러운 상징물은 여자아이의 태몽으로 풀이한다. 아들의 태몽은 아내가 꾸었다. 온통 황금으로 칠해진 절이 보였고 반각으로 새겨진 부처상을 보았다고 했다. 고인이 된 전직 대통령도 보였다고 했다.

지금 아들은 초등학교 1학년인데 매일 엄마랑 싸우고 말도 잘 안 듣는 말썽꾸러기로 점점 변해가고 있다. 그때 복권을 샀어야 했는데 아깝다.

딸의 태몽은 앙증맞은 토마토 다섯 개가 열린 나무였고, 초록색의 열매 끝부분이 살짝 빨갛게 익어가고 있는 것이 생생하게 기억난다고 했다. 딸아이는 귀엽고 예쁘다. 하는 짓도 천생 여자다. 옷이며 악세서리 등을 고르는데 자기 마음에 안 들면 아예 집 밖으로 나오질 않는다. 날 닮아서 그렇다고 맨날 핀잔을 받는다.

당시 전세로 살던 아파트가 5층이었다. 임신한 몸으로 오르내리기가 많이 힘들었을 텐데 긍정 바이러스가 넘치는 아내는 나중에 애 낳을 때 편하려면 많이 움직여야 한다고 했다.

8월 중순 늦여름이지만 낮에는 더워서 사람들이 잘 안 다녔고, 그해 여름은 유달리 뜨거웠다. 한 날은 차를 타고 가는데 어떤 여자가 허름한 옷차림을 하고 양산도 들지 않고 모자도 쓰지 않은 채로 힘없이 터벅터벅 걷고 있는 것이 눈에 들어왔다. 난 속으로 참 불쌍하고 안 됐구나 하고 생각했다. 게다가 임신을 했는지 배는 불룩했다. 쓰윽 지나가는데 거울에 비친 모습이 참 눈에 익었다.

잠시 차를 세워 다시 확인해보니 내 아내였다. 처음엔 어이가 없었고 이내 가슴이 먹먹해졌다. 얼른 불러서 차에 태웠다. 에어컨을 틀어 놓은 차 안에 앉으면서 "아이고 힘들어 이제 좀 살겠다."라고 말하는 하는 아내의 이마에는 온통 땀방울이 맺혀 있었고, 얼굴은 벌겋게 익어 있었다. 혼자서 먼 길을 걷고 있었다. 걷기 운동이 출산에 최고라며 한 시간째

하고 있다고 했다. 무식하게 뭐하는 짓이냐고 난 버럭 화를 냈다. 그저 웃기만 하는 아내도 그 정도로 더울 줄은 몰랐다고 했다. 우린 시원한 아이스크림 하나로 더위를 날려버렸다.

자연 분만을 한 아내는 그 날 오후에 걸을 수 있었다. 참 대견했고 예뻤다. 그런 며느리에게 아버지는 꽃을 보내오셨고, 남자들은 잘 모르는 물건들을 엄마가 챙겨오셨다. 장인, 장모님도 다녀가셨고 여러 친척들도 축하 인사를 하고 갔다. 그 때 다시 한 번 가족의 소중함과 울타리의 든든함을 느꼈다.

또 한 가지 깨달은 것이 있다. 산모가 있는 병실에는 잠간만 있다가 자리를 떠야 한다는 것이다. 2인실에 입원해 있다 보니 어쩔 수 없었지만, 건너편 산모의 방문객이 너무 많았다. 한 시간 넘게 수다를 떠는데 우리에 대한 배려가 너무 없었다. 그래서 난 누가 애 낳았다고 하면 찾아가지 않는다. 전화상으로 안부 묻고 축하 인사를 한다. 귀여운 아기도 보고 싶고 인사도 직접 하고 싶지만 참는 것이다. 푹 쉬고 회복 잘해서 건강한 얼굴로 만나면 될 일이다.

요즘은 산후 조리원이 생겨 출산 후 산모들이 영양을 보충하고 회복하는 데 많은 도움을 준다. 세상 많이 좋아졌다. 여자분들이 보면 버럭 화를 낼 수도 있지만 엄연한 현실이고 사실이다. 우리 부모님 세대만 해도 산후 조리한다고 친정으로 가거나 친정엄마가 집으로 오곤 했다. 찬물에 손

넣지 말라고 했다. 더운 여름날 땀을 뻘뻘 흘리면서도 관절에 바람 들면 나이 들어 고생한다고 긴 옷을 입고 지냈다고 한다. 눈치 보느라 산후 조리도 못 하는 경우도 많았다고 들었다. 여러 가지로 고생 많이 하신 세대임은 확실하다. 그래서 더욱 고맙고 죄송스럽다.

엊그제 우연히 모임에서 반가운 분을 만났다. 아내가 출산하고 두 번 다 같은 산후 조리원에서 몸을 쉬었는데 그때의 원장님이었다. 물론 그분은 나를 기억 못 하셨다. 특히 남자라는 짐승들은 조리원에 잘 나타나지 않아서 그렇고, 혹시 육아에 대해 설명을 할 때면 바닥만 내려다보다가 고개만 몇 번 끄덕이고 돌아간다고 했다. 남자들이란 하나같이 똑같다. 적당한 무관심이 필요하다지만 말이다.

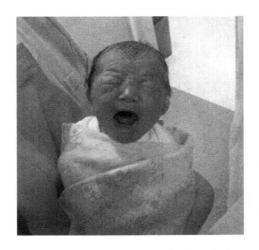

그분은 모유 수유에 대한 책을 내어 강연회를 다니신다고 했다. 방송 댄스강사도 하신다고 했다. 참 멋진 분이다. 6년 전 분만실에서의 상황을 잊을 수 없다. 둘째를 5분 만에 순풍 놓은 아내가 날 쳐다보며 말했다.

"셋째 콜?"

입을 벌리고 자는 아내와 몸부림을 쳐서 헝클어져 있는 아들, 딸을 뒤로하고 출근한다. 오늘 아침은 차가 막혀도 기분 좋다.

2.

기르실 제 밤낮으로 애쓰는 마음

불 주사.

알코올램프에 주삿바늘 끝을 달궈서 어깨에 맞았는데 그래서 붙여진 이름이 불 주사다. 램프의 불로써 주삿바늘을 소독하는 것이었다. 일회용 주사기는 언감생심이던 시절이었다. 그 주사를 맞기 일주일 전쯤에 팔뚝에 주사를 맞았는데 맞은 부위가 약 1cm 정도 부으면 불 주사는 안 맞아도 되었다. 일부러 손으로 긁는 친구들도 더러 있었다.

내 팔은 운 좋게 불 주사를 맞지 않아도 될 정도로 부었고 친구들은 부러운 시선으로 날 쳐다보았다. 그 불 주사는 결핵 예방주사였고 결핵에 대한 항원 항체 반응을 확인했던 것이 앞에 맞는 주사였다. 태어나면서부터 난 건강했던 것이다. 초등학교 6학년쯤일 것이다.

머릿속에서 전기톱이 빠르게 돌아갔다. 눈을 감으니 더 빨리 돌아갔고 모든 걸 토하고 말았다. 어지러워서 눕지도 앉지도 못했다. 아파서 울고 있는 내 옆에서 엄마는 물수건을 이마에 얹어 주며 눈물을 흘리셨다. 일주일 동안 누워 있었고 밤마다 식은땀을 많이 흘려 속옷을 두 개씩 갈아입었다. 병원을 갔으나 원인은 알 수 없었다. 한의원도 갔지만, 고개만 갸우뚱거릴 뿐이었다. 소변검사, 혈액검사, X-레이까지 할 수 있는 검사는 다 했지만 괜찮다고 했다.

식은땀과 두통 증상이 결핵의 그것과 비슷해서 결핵 검사를 다시 했지만 아무 이상 없었다. 그때 불 주사를 안 맞은 것이 마음에 걸렸다. 기본 체력이 신체 성장 속도를 못 따라간 것이라고 생각된다. 그런 나를 위해 엄마는 전복죽, 깨죽을 지극정성으로 끓여서 먹여 주셨다. 겨우 회복해서 일어나 몸무게를 재어보니 3kg이나 빠져 있었다. 내 살 빠진 것보다 엄마 얼굴 홀쭉해진 걸 떠올리니 아픈 것 자체가 큰 불효라는 생각이 든다. 까까머리 중학생 때의 일이다.

친구 한의원에 엄마를 모시고 갔다. 무릎이 안 좋다고 하신 지 10년째다. 연골이 많이 닳았고 선천적으로 뼈가 약해 골다공증이 약간 있다고 확인한 것은 몇 해 전이다. 한사코 수술은 안 하신다고 했다. 주위에 수술 후유증으로 인해 더 큰 고생하시는 분들을 보았다. 특히 연세가 있으신 분들은 수술 후 다리 근육이 다 빠져버려 회복 속도도 더디고 걷기도 힘들다고 했다. 아파트 5층까지 오르내리기 힘드실 텐데 이사는 생각도 안 하신다. 5일 장이 서면 식구들 먹일 거라고 한 짐 들고 캐리어를 덜커덕거리며 집까지 끌고 오실 때 보면 어떨 때는 화가 나기도 했다. 1층에서 부르면 될 것을 자식새끼들 아낀다고 당신이 직접 가져오신다. 그놈의 자식새끼들이 뭐라고.

아들을 데리고 치과를 갔다. 요구르트를 하루에 서너 개씩 먹었다. 밥을 잘 안 먹어서 뭐라도 잘 먹으면 많이 먹었다. 어른 숟가락으로 가득 떠서 밀어 넣었다. 밥 한 숟가락 입에 넣으면 3분 정도 머금고 있다가 삼켰다. 그런 모습을 옆에서 보고 있으면 속에서 천불이 났다.

어느 날인가 이빨이 아프다며 밤에 잠을 못 이루었다. 내 어릴 때는 충치가 생기면 참고 또 참다가 실로 칭칭 감아서 뽑았던 것으로 기억된다. 딱히 치아 관리에 대한 개념도 없었다. 난 그냥 두고 보자고 했다. 아내의 말에 의하면 충치가 영구치에도 영향을 준다며 관리를 잘해야 한다고 했다. 유아 전문 치과에서 수면치료에 대해 별것 아닌 것처럼 설명하기에 그런가 보다 했다. 치료 날짜를 예약했다. 치료를 받기로 한날 하루 전 뉴스에서 사고 소식을 전했다. 수면치료를 받던 아이가 호흡 곤란으로 사망했다는 것이다. 난 그것 봐라, 치료 안 해도 된다는 의기양양한 눈빛으로 아내를 쳐다보았다. 당연히 예약을 취소했다. 어느 강심장이 그 뉴스를 듣고 치료를 받을 수 있겠는가. 그렇게 몇 달이 지났고 아들의 치아 상태는 점점 나빠졌다. 더는 미룰 수 없어 큰마음 먹고 다시 수면치료를 하기로 했다. 혹시 치료 도중에 음식물이 역류해 기도를 막을 수도 있으니 치료 전날 밤부터 음식을 먹이지 말라고 했다. 오전 열 시에 도착했다. 살짝 긴장되었다. 병원에는 우리 식구 세 명만 있었다. 왜 그런지 이유는 지금에서야 헤아릴 수 있게 되었다. 수면 약을 먹고 애들이 비틀거리는 모습을 보게 되면 어떤 부모든 수면치료를 하지 않을 것이기 때문이다.

몸무게와 키를 재고 그에 맞는 수면 유도제 약을 먹였다. 보통의 애들은 약 십 여분 있으면 잠에 빠져든다고 하는데 아들은 그렇지 않았다. 약 기운에 쏟아지는 잠을 이기려는 듯 더 몸부림을 쳤고, 그런 아들을 보듬고 있느라고 난 안간힘을 썼다. 전쟁터였고 지옥이었다. 마치 술 취한 사람처럼 비틀거리며 몸을 못 가누는 아들은 머리를 여기저기 쿵쿵 박았다. 내가 온 힘을 다 써서 겨우 안고 있어도 제어가 안 되었다. 나도 따라 이성을 잃어가고 있었다. 다 그만두고 뛰쳐나가고 싶었다. 아들이 무너지는 모습에 내 눈은 뒤집혔다. 다 때려 부수고 싶었다. 안타깝고 화가 나서 눈물이 솟구쳤다. 아내를 불똥 튀는 원망의 눈으로 쳐다보았다. 그녀도 울고 있었다. 몇 년 후에 아내에게 들은 말이지만 그 날 내 눈빛은 사람의 것이 아니었다고 했다. 자기를 잡아먹는 줄 알았단다.

겨우 잠든 아들을 치과 침대에 눕히는 순간, 잠든 줄 알았던 아들이 갑자기 말을 했다.

"선생님 안 아프게 살살 해주세요."

난 그 말을 듣고 한 번 더 가슴이 무너졌고 당장 들쳐 안고 나가고 싶었다. 약 한 시간 정도의 치료는 무사히 잘 끝났다. 두 번 다시는 수면치료는 안 시킬 거라고 마음먹었다. 병원 쪽을 보며 욕을 했다. 치료를 마치고 집에 오는 길에 아들은 과자를 먹고 싶다고 했다. 지금은 이빨 빠진 '개우지'다. 사진 찍을 때 웃는 모습이 참 귀엽다. 요즘은 잠들기 전 내가 직접 치실과 칫솔질을 해준다.

아내의 다급한 목소리가 전화기를 통해 들려왔다. 장모님을 모시고 병원에 갔는데 딸이 에스컬레이터를 타고 올라가다가 넘어져 무릎이 찢어졌다고 했다. 난 애 똑바로 안 보냐고 큰소리부터 쳤다. 애들 다쳤다고 하는 소리를 들으면 화부터 났다. 손을 놓고 혼자서 뛰어 올라가다가 넘어졌다고 했다. 딸은 평소에도 칠칠치 못해서 잘 넘어지고 물을 쏟고 음식을 줄줄 흘리곤 했다. 그래서 가끔 '흘녀'라고 부른다.

대학병원이어서 그나마 다행이었다. 바로 응급실로 가서 몇 바늘 꿰맸는데 그 흉터는 생각보다 크다. 넘어지면서 찢어진 부위가 깊어 피하지방이 불쑥 튀어나왔을 정도였다고 했다. 사실 그런 사고가 생기는 상황에 내가 있어도 다치는 건 매한가지다. 아내인들 별 수 있겠냐마는 그래도 화나는 건 어쩔 수 없었다. 애를 똑바로 안 보고 말이야.

응급실에서 국소 마취를 하고 수술할 때 우리 '흘녀'는 눈물을 단 한 방울도 흘리지 않았고 장모님과 아내는 그런 딸의 모습을 보고 '독한 년'이라고 했다. 더 놀랐던 것은 수술 장면을 두 눈 똑바로 뜨고 쳐다보며 이렇게 말했다고 한다.

"선생님 안 아프게 살살 해주세요."

내 사랑하는 아들딸들아 "아프지 말 거라. 그거면 됐다."

내 사랑하는 부모님 "아프지 마세요. 그거면 됐습니다."

늦은 밤 선잠에서 깨어
현관문 열리는 소리에
부시시한 얼굴
아들 밥은 먹었느냐

〈중략〉

엄마도 소녀일 때가
엄마도 나만할 때가
엄마도 아리따웠던 때가 있었겠지
그 모든 걸 다 버리고
세상에서 가장 강한 존재
엄마
엄마로 산다는 것은
아프지 말 거라
그거면 됐다

— 이설아 〈엄마로 산다는 것은〉 —

3.

진자리 마른자리 갈아 뉘시며

이놈은 항상 똥을 두 바가지나 싼다. 기저귀를 넘치게 해서 닦는 것으로 모자라 목욕을 해야 했다. 한 손으로 몸을 받쳐 들고 한 손을 처리해야 하니 오로지 나만 할 수 있는 일이었다. 집사람은 여자의 몸으로 태어나 힘도 없고 팔도 가늘었다. 꼭 이럴 땐 애처로운 사슴 눈빛으로 날 처다보았다. 빨리 사태를 수습해야 했다. 안 그러면 아들은 힘차게 몸부림쳐서 옷이며 이불이며 온 데 똥 칠갑을 할 것이다. 샤워기를 틀고 따듯한 물이 나올 때까지 세숫대에 물을 받았다. 그 물은 나중에 화장실 청소할 때 쓰였다. 결혼하면서 청소 특별구역을 정했는데 난 베란다와 화장실 담당이었다. 물이 미지근해지면 아들을 엎드리게 해서 안았다. 일단 샤워기로 큰 덩어리들을 제거한 다음 손에 비누칠을 잔뜩 한다. 그리고 아들 녀석의 깊숙한 곳을 깨끗하게 씻어 주었다. 기분이 좋은지 싱긋 웃어 보였다.

희한했다. 똥은 따뜻하고 부드러웠다. 만져도 아무렇지 않았다. 내 몸속에서 나온 것도 더러워서 못 만지는데 말이다. 문득 부모님의 그것도 내가 닦아 드리고 씻겨드리고 만질 수 있을까 하는 생각이 들었다. 내 어렸을 때는 물고, 빨고, 예쁘다고 하셨을 텐데, 지금의 나처럼 씻겨서 뽀송뽀송하게 말려주셨을 텐데 말이다.

깔깔한 새 기저귀로 갈아주고 나면 내 마음도 상쾌하고 개운해졌다.

아흔하고도 두 해를 넘긴 처 할머니가 계셨다. 어느 날 화장실에서 넘어지셨고 엉덩이뼈에 금이 가 버렸다. 한 달 이상을 입원해야 한다고 했다. 침대에 하루 종일 누워 있었고, 간병인 분을 두어 화장실 갈 때 도움을 요청했다. 볼 일 한 번 보는 것도 만만치 않았다. 삼십 분은 족히 걸렸다. 일주일 후 간병인 분은 그만두셨다. 장모님은 큰 식당을 운영하고 있었고 할머니를 간병할 뾰족한 방법이 없었다.

가족회의 끝에 가까운 거리에 있는 요양병원에 모시기로 했다. 일주일 뒤 병문안을 간 나와 아내는 망치로 뒤통수를 한 대 얻어맞은 것 같은 충격을 받았다. 5층에 있는 입원실에 가기 위해 엘리베이터를 탔고 도착해서 문이 열리는 순간 영화에서나 볼 수 있는 장면이 펼쳐졌다. 한 장소에 그렇게 많은 노인들이 환자복을 입고 있는 모습은 처음이었다. 마치 무슨 수용소에 온 것 같은 착각이 들었다. 그들의 대부분은 머리카락은 없거나 흰 백발이었고 초점 흐린 눈빛으로 멍하니 먼 곳을 바라보고 있었다. 힘없는 눈빛에는 삶의 의지도 없어 보였다. 다만 어떤 시간이 다가오기를 가만히 기다리는 사람들처럼 보였다.

집에서 가깝고 시설도 깨끗했다. 물리치료사가 매일 마사지도 해주고 운동도 시켜 준다고 했다. 식구들은 생계에 매달려 누구 하나 할머니를 간병할 수 있는 상황도 아니었다. 핑계다. 하지만 현실이 그랬다.

그렇게 질고 진 자리에서 할머니는 불편한 몸을 모르는 사람에게 내맡긴 채 쓸쓸한 시간을 보내셨다. 단순 골절상 때문에 입원했는데 두 달 뒤 세상을 뒤로하고 떠나셨다. 사인은 폐렴이었다.

밀양 어느 곳에 수목장으로 모셔진 할머니를 뵙고 오는 길에는 또 다른 요양병원을 짓고 있는 것이 눈에 들어왔다. 어느 순간부터 난 눈살을 찌푸리고 쳐다보고 있었다.

'효부'라는 뜻을 사전에서 찾아보았다. '시부모를 잘 섬기는 며느리'라고 나와 있다. 효부 없는 효자 없다는 속담도 있다. 며느리가 착해야 아들도 효자 노릇을 할 수 있다는 뜻이다. 각종 단체에서 효부를 선정하여 상을 주기도 한다. 여기서 내가 직접 본 효부를 소개할까 한다.

외삼촌은 1남 6녀 중에 다섯 번째로 태어난 3대 독자였다. 귀한 아들이라는 의미다. 외할아버지께서는 폐암으로 돌아가셨는데 그때 병원의 간호사 중 한 명이 지금의 외숙모이다.

시누이, 올케 사이가 좋지만은 않을 것이다. 시누이가 다섯 명이나 있는 3대 독자한테 시집오려고 마음먹은 외숙모도 대단하다. 나의 이모들은 일 년에 한두 번 제사 때나 되어서야 모였다.

그렇게 식구들이 다 모이면 스무 명 정도 되었다. 좋은 일들만 있으랴. 남매지간의 다툼도 있었고 그 불똥이 외숙모에게 튀기도 했다. 그럴 때 사위들은 조용히 밖으로 나갔다.

어느 날 다급한 목소리가 전화기 넘어 들려왔고 엄마는 털썩 주저앉고 말았다. 외할머니께서 쓰러지셨다는 외삼촌의 전화였다. 부랴부랴 옷을 챙겨 입고 부산으로 가는 버스에 엄마와 함께 몸을 실었다.

중풍이라고 했다. 뇌혈관이 막혀 몸의 반쪽 운동신경이 손상되었고 회복이 어려울 것이라고 담당 의사가 말했다. 일단 병원에 입원하시기로 했다. 딸들은 울고불고 난리가 났다. 엄마는 장녀답게 침착했고, 동생들을 다독이며 위로해 주었다. 몇째 이모인지 기억은 안 나지만 외숙모를 쏘아보며 탓을 하기도 했다.

그렇게 3년이 흘렀고 병원에서 집으로, 다시 병원으로 옮겨가며 간병을 했고 그 몫은 오롯이 외숙모의 것이었다. 침대에 누워서 움직일 수 없는 외할머니 똥 기저귀를 다 갈아내고 목욕을 시켰다. 등에 욕창이 생겨 짓물러지면 약을 바르고 몸을 돌려주었다. 병문안을 갔는데 할머니는 나를 잘 알아보지 못하셨다. 치매 증상까지 나타난 것이다. 손수건을 든 엄마의 손은 자꾸 눈을 향하고 있었고, 나도 안타까워 할머니 손을 꼭 잡아드렸다.

외할아버지 제삿날 일이 터졌다. 제사를 다 모셨고 둘러 앉아서 제사 음식을 먹고 있을 때였다. 할머니 병간호하면서 제사 음식을 준비하느라 피곤했던지 외숙모는 방에 잠깐 들어가 쉬고 있었다. 갑자기 이모들이 외숙모 어디 갔냐고 난리를 피웠다. 방에서 초췌한 얼굴을 하고 나온 외숙모는 마치 죄인처럼 고개를 푹 숙이고 있었다. 그런 이모들에게 외삼촌은 버럭 소리치면서 말했다. 그렇게 시누이 노릇 하려면 앞으로 오지 말라고 했다. 그 한마디는 엄청난 파장을 일으켰고 그 자리는 끝나버렸다. 다들 짐을 챙겨 집을 나와 버렸고 아버지와 이모부들은 단 한마디로 안 했다. 결혼해서 시집간 누나들한테 오지 말라고 했던 그 말은 어린 나이의 내가 들어도 해서는 안 될 말이었다.

그렇게 또 몇 해가 지났고 엄마와 나는 몇 번인가 더 할머니를 뵈러 갔었다. 그때 외숙모가 지어 놓은 시를 읽어보았다. 중풍에 걸린 시어머니를 병수발하면서 써 놓은 글을 보고 엄마와 난 울지 않을 수 없었다. 딸과 사위들은 매달 얼마씩의 돈을 외삼촌에게 보냈고 가끔 좋은 음식을 보내기도 했다. 하지만 한번 깊어진 골은 쉽게 매워지지 않았다. 엄마는 그때를 회상하며 말씀하신다. 독자라고 오냐오냐 키워서 대학공부까지 시켜 놨더니만 저런다고 외삼촌을 나무랐다.

딱 6년을 채우고 할머니는 눈을 감으셨고 그 곁에서 엄마는 마지막까지 손을 놓지 못하고 있었다. 장례식장에서 가장 서럽게 울던 사람은 외숙모였다. 손으로 직접 똥을 파내면서까지 병수발했던 그녀라 더욱 그랬을 것이다. 어느 딸년들이 제 어미 똥 기저귀를 갈아주었을까 그것도 6년 동안이나.

외숙모는 효부상 받아 마땅하다. 할머니는 아버지께서 사놓은 공원묘지의 외할아버지 묘소 옆에 나란히 누워 계시지만 찾아뵌 지 오래다. 이제 예순을 바라보는 외삼촌과 이모들이 다시 모여서 가족들의 정을 나눴으면 하는 바람이다. 더 늦기 전에.

국제연합(UN)이 정한 바에 따라 말하자면, 65세 이상 노인 인구 비율이 전체 인구의 7% 이상을 차지하는 사회를 고령화 사회라 한다. UN은 또 65세 이상 노인 인구 비율이 14% 이상이면 고령사회, 21% 이상이면 초고령 사회로 구분하고 있다.

한국에서는 2000년 7월 1일을 기준으로 65세 이상의 인구가 전체 인구의 7.1%를 차지해 고령화 사회에 진입했다. 통계청은 2020년경이면 노인 인구의 비율이 14%를 넘어서서 본격적인 고령사회로 접어들 것으로 전망했다.

외곽이든 도심 중심지든 상관없이 요양병원들이 우후죽

순으로 생기는 이유는 뭘까? 고령화 사회에 맞춰 노인 인구가 늘어나니 그들을 단순히 돈벌이 수단으로 생각해서일까? 아니면 자식들에게 피해 주기 싫어하는 노인들의 피난처를 만들어 놓은 것일까? 또는 수요자의 니즈에 맞춰서 요양병원의 침대를 공급하는 것일까?

자식들은 바쁘다는 핑계로, 생계를 핑계로 병들고 아픈 우리의 부모들을 질고 진 그 요양병원에 '던져 놓고' 오는 것은 아닐까. 뭐가 정답인지 모르겠다. 한 번쯤 생각해볼 문제다.

암은 서서히 정복되고 있고 많은 약과 치료법도 개발되고 있다. 어느 집 누가 암에 걸려 항암 치료를 받는다고 노출도 많이 된다. 하지만 치매, 중풍 등 혈관질환의 환자들은 병원이나 집에서 거의 누워 있어서 보내며 누구 한 명은 꼭 곁에 붙어 있어야 한다. 그래서 가족들이 겪는 고통은 생각보다 크다. 담배 끊고, 술도 줄이고, 운동도 열심히 땀 흘려서 해야 될 분명한 이유가 있는 것이다.

해가 지고 있다. 서서히 주위가 붉게 물들었고 그 뜨거웠던 붉음을 어둠이 조금씩 삼키고 있다. 해 질 녘에 아버지는 운동화 끈을 질끈 매셨다. 자식들에게 나중에 피해 주기 싫다며 산책하러 나가시는 아버지 뒷모습에 콧잔등이 저려 오는 건 왜일까.

4.

손발이 다 닳도록 고생하시네

엄마는 가끔 당신의 아버지 이야기를 해주신다. 그 이야기의 끝엔 항상 눈물이다. 나에겐 하나뿐인 외할아버지다. 내가 열 살 때 이 세상 소풍을 마치고 홀홀 떠나셨다. 잘은 모르지만, 버스 운전을 하셨다고 들었다. 딸 여섯에 아들 하나를 키우시느라 얼마나 고생하셨을까 생각하니 마음이 짠하다. 가정형편이 넉넉할 수는 없었을 것이다. 집도 여러 번 옮겼고 그에 따라 자식들의 전학도 잦았을 것이다.

엄마의 성격도 이런 이유로 내성적으로 변했다고 했다. 난 상냥하고 재미있고 유쾌한 여자를 좋아하는데 그런 점에서 우리 엄마는 완전 꽝이다. 완전 경상도 남자 같은 여자다. 한 시간 정도 같이 있어도 말 한마디 안 하시는 경우도 있다. 원래 성격이 조용조용했냐고 여쭤보았더니 발표도 잘하고 씩씩한 어린이였다고 말씀하셨다. 잦은 이사와 전학으로 새 친구 사귀기도 어려웠고 사춘기를 거치면서 더 조용해졌다고 했다. 이제는 더 이상 여쭤보지 않는다. 그 이야기를 떠올리면 얼마나 마음고생이 많았을까 하고 조금은 헤아려져 가슴이 쓰리기 때문이다.

당신의 아버지와는 좋은 기억뿐이었다. 아니 좋은 것만 기억하고 싶으시겠지. 외갓집은 부산영도에 위치해 있고 엄마는 고등학교를 졸업하고 직장을 다니셨다. 항상 할아버지께선 "사람은 배워야 한다."고 하시면서 그 어려운 살림에도 자녀들을 고등교육까지 다 시키셨다. 엄마는 머리도 좋고 눈치도 빠르시다. 지금 환경에서 자랐다면 뭘 해도 하셨을 분이다.

추운 겨울날 퇴근하고 집에 도착하면 귀한 만딸 먹이려고 따끈한 밥해서 아랫목에 넣었다가 챙겨 주셨다고 했다. 만이라서 받은 첫사랑, 첫정은 내가 들어도 감동이다. 미니스커트를 직접 사서 입어보라고 하셨다. 소매가 없는 셔츠를 사서 입어보라 하셨고 손잡고 같이 가서 빨간 하이힐을 사주셨다고 했다. 유행의 최첨단을 걷게 하셨고 당신 딸 세련되고 예쁘게 해서 다니라고 손수 이끌어 주셨다. 회식을 마치고 조금이라도 늦으면 버스정류장에 나와 기다리고 계셨다고 했다.

엄마가 이런 말씀을 하실 때면 거의 감탄수준이며 찬양수준으로 말투가 바뀐다. 눈가에는 물론 이슬이 맺힌다. 어느 날 방송에서 가수 인순이의 '아버지'라는 노래가 나왔다. 첫 소절이 시작되자마자 엄마의 손은 떨렸고 코는 훌쩍거렸다. 노래가 시작되었고 가사 하나하나가 가슴에 와서 박혔다. 이미 눈물을 줄줄 흘리고 계신 엄마를 쳐다볼 수 없었다. 나도 울고 있었기 때문이다. 형은 베란다로 나갔고 아버지는 화장실로 가셨다.

'누구보다 아껴주던 그대가 보고 싶다~'이 대목에서 미니스커트가, 민소매 셔츠가, 빨간 하이힐이 떠올랐을 것이다. 추억이 있는 사람은 외롭지 않다고 했다.

추석이면 옷을 사러 부림시장에 갔다. 마산에서 제일 큰 규모의 재래시장이다. 형과 나는 집을 나와 버스를 타면서부터 들떠 있었다. 이런 천방지축 형제를 챙기느라 엄마의 수고는 상상을 초월했다.

손에는 장난감 총이며 요요를 들었고 버스정류장까지 달리기 시합을 했다. 엄마는 뛰지 말라고 고래고래 고함을 치셨지만 우린 귓등으로도 듣지 않았다. 버스에서는 한 정거장 지날 때마다 여기저기 빈자리가 있으면 옮겨 다녔고 제일 뒷자리에 사람이 없으면 눕기도 했다. 엄마의 눈에선 레이저 광선이 발사되었다. 도착한 시장은 항상 사람들로 북적였다. 구경거리도 많고 먹을거리도 많아서 시간이 어떻게 가는지 몰랐다. 옷은 뒷전이었다. 우선 떡볶이 가게로 가서 어묵이랑 삶은 달걀을 빨간 떡볶이 국물에 묻혀 먹었다. 국물이 정말 맛있는 그 집은 삼십 년이 지난 지금도 성업 중이다. 배를 채우고선 옷을 사러 갔다. 난 항상 내가 좋아하는 스타일을 딱 골라 입었고 형은 이 옷 저 옷 고르고 고르다 결국 엄마가 선택한 옷을 입었다. 그것도 집에 오면 마음에 안 든다며 바꾸러 가는 경우도 많았다.

이제 수입물건 구경하러 갈 차례다. 온통 영어로 적혀 있는 노란 깡통에 빨간 소 한 마리가 그려진 가루우유는 정말 맛있었다. 배고플 때나 심심할 때는 한 숟가락씩 퍼서 입에 털어 넣고 목이 막히면 물을 한 대접 마셨다. 그러면 잠시 후 배가 불뚝 올라왔다. 아껴 먹던 그 우유 통을 엄마는 숨기고 우리는 찾느라 애를 먹었다. 나중에 엄마는 숨기길 포기했고 삼 일만에 형과 나는 거덜을 내버렸다.

그 가게에는 신기한 물건들이 많았다. 손 그림이 그려져 있는 파랗고 동그란 통을 보고는 구두약이다 아니다 내기를 했다. 지금 생각하니 피식 웃음이 난다.

까만 가루는 코코아였고 노란 캐러멜의 맛은 세상에서 제일 달고 맛있었다. 시장통에서도 우린 잡기 놀이를 했고 엄마는 양손 가득 물건을 든 채 형제를 챙기느라 걸음을 빨리했다. 물건을 배달하는 오토바이가 쌩쌩 지나가서 위험했다. 지금 생각해봐도 아찔한데 그때는 스릴을 즐겼다. 엄마의 목소리는 애가 탔다.

"뛰지 마라. 다친다. 오토바이 조심하고 같이 가자, 이놈의 손들아."

나는 아랑곳하지 않고 먼저 간 형을 잡으러 갔다. 가끔 뒤돌아보며 엄마와의 거리도 일정하게 유지를 했다. 사람들 사이를 요리조리 피해 다니며 달리면 마치 영화 주인공이 된 것 같았다. 아까 갔던 떡볶이집 아지매가 소리친다.

"야들아 다친다. 뛰지 말거래이. 야야이 살살 댕기라."

고기집 아재매도 소리친다.

"이놈들아 넘어지면 다친다. 와 그리 뛰어 댕기노. 저 봐라, 저 우짜긋노."

집에 도착하면 엄마는 맛있는 저녁을 준비하셨고 저녁 밥상에는 시장에서 사 온 생선 대가리가 날 째려보고 있었다. 아들이 학교 운동장에 놀러 가자고 손을 잡아 이끈다. 파김

치처럼 늘어지고 싶은 토요일 오전이다. 이리저리 뒹굴거리고 있는데 마누라까지 날 쫓아낸다. 집 청소할 거니까 애들 데리고 밖에 나갔다 오라고 누워있는 내 등을 발로 툭툭 찬다. 이건 뭐 완전 축구공 취급이다. 억지로 옷을 주워 입고

모자 하나 덮어쓰고 밖으로 나섰다. 집에서 5분 거리에 초등학교가 있다. 의외로 사람들이 많았다. 조기축구회 사람들로 보였는데 이제 막 게임이 끝난 모양이었다. 콩나물 해장국집 가서 소주 한 잔 마시자며 각자 짐을 챙기고 있었다. 중학생 몇 명이 또 공을 찰 모양이었다. 중앙선에 양옆으로 나란히 줄어 섰다. 제법 옷을 갖춰 입은 게 폼이 났다. 시작을 알리는 신호와 함께 열 몇 명이서 공 하나를 쫓아 열심히 뛰어다녔다. 벤치에 기대어 축구를 보다가 문득 아들을 챙겨보았다. 내 옆에 앉아있을 거라고 생각했는데, 없었다. 벌떡 일어났다. 주위를 두리번거렸고 많은 사람들로 인해 쉽게 눈에 띄지 않았다.

운동장 반대쪽에서 한 녀석이 머리를 휘날리며 달리고 있는 것이 보였다. 아들이었다. 안도의 한숨과 함께 다시 자리에 앉았다. 달리고 있는 아들에게 눈을 떼지 않았다. 빠르고 잘 뛰었다. 자세도 좋았다. 그렇게 내리 다섯 바퀴를 뛰고 있었다. 나도 운동 삼아 두어 바퀴 따라 뛰었는데 숨이 턱에 차서 편히 쉬기로 했다. 그때 축구공이 아들 쪽으로 날아들었고 하마터면 맞을 뻔했다. 공을 찬 중학생은 아들 머리를 한 번 쓰다듬고는 내가 있는 쪽으로 슬쩍 눈길을 주었다.

아들에게 물 한 모금 마시고 좀 쉬었다가 뛰어라 해도 괜찮다고 했다. 저놈 운동을 시켜볼까 하는 생각도 슬쩍 들었다. 전반전이 끝났는지 학생들은 운동장 옆으로 슬슬 걸어나왔다. 그중 한 명이 내게 다가와 아까 공을 잘 못 차서 애가 맞을 뻔했는데 미안하다며 사과를 했다. 참 예의 바르고 착했다. 난 괜찮다며 어깨를 툭툭 치며 엄지손가락을 올려 보였다. 몇 학년이냐고 물었더니 중학교 2학년이라고 했다. 그 무섭다는 중 2였다. 아들은 또 달리기를 시작했다. 난 그 뒤를 따라 뛰었다.

"웅아 천천히 가라 다친다. 넘어질라 같이 좀 가자."

고개를 약간 삐딱하게 하고서는 잘도 달린다. 부림시장 아지매들이 줄줄이 옆에서 판을 펼친다. 떡볶이집 아지매, 고기집 아지매, 나물 팔던 할매가 소리친다.

"와 그리 뛰어 댕기노. 저 봐라, 저. 우짜긋노."

내 앞엔 아들이 뛰어가고 난 그 뒤를 쫓아간다. 혹시나 뒤를 돌아보니 엄마가 쫓아오신다.

"철아 천천히 가라 다친다. 뛰지 말고 천천히 가라."

저 멀리 보이는 교문에서는 외할아버지께서 엄마의 빨간 하이힐을 든 채로 흐뭇하게 웃고 계신다.

5.

아들에게 보내는 편지

아들아, 편지를 쓴다고 이름을 적을 때부터 가슴이 벅차오르는구나. 초음파 사진으로 아직은 완성되지 않은 너의 모습을 처음 보았다. 퇴근하고 집에 오니까 엄마가 조용히 사진을 보여주더구나. 그 사진을 보고 신기하기도 했고 너무 좋아서 우리 둘은 끌어안고 울었단다. 엄마의 배 속에서 넌 점점 자랐고 배가 불룩하게 튀어나올 만큼 엄마 배 속을 가득 채웠지. 힘차게 울면서 태어나던 병원 분만실에서 탯줄을 자르던 순간은 아무것도 기억이 안 나는구나. 그때 니 엄마가 널 처음 본 순간 했던 말은 평생 잊을 수 없는 추억이란다. 나중에 크면 그때 이야기해줄게.

병원을 나와 할머니 품에 안겨 조리원으로 갈 때 햇살에 눈부셔 찡그리던 표정은 너무 귀여웠지. 이름은 할아버지 친구분께서 지어주신 거다. 산후 조리원에서 엄마 찌찌 먹고 있을 때 이름 두 개를 가져오셨고, 그중에 하나를 선택했다. 묵직하고 남자다운 이름이라 다들 좋아했단다.

나중에 그 이름 때문에 크게 될 거라고 다들 한 말씀씩

하셨지. 동생 이름 짓는다고 철학관을 갔는데, 니 이름도 봐 준다고 해서 물어보니 사주에 물이 없어 성격이 급하고 말 이 느릴 거라고 하더라. 잠시 엄마와 난 흔들렸지만 그대로 가기로 했다. 부모인 우리가 중심을 딱 잡고 흔들리지 않기 로 했어.

웅이 넌 기어 다니지는 않았다. 앉아서 바닥을 밀고 다닌 거 기억나니. 걸음마도 늦게 시작했어.

너의 극성 팬이신 할아버지는 병원 가서 검사를 받아보라 고 난리를 치셨다. 성장판 검사도 받고 무릎 사진도 찍어보 라고 하셨어. 얼마 후 보란 듯이 넌 걷기 시작했고 이제는 날아다니지. 그것조차도 우리에겐 잊혀지지 않는 추억이란 다. 일하다가도 너무나 보고 싶었다. 만사를 제치고 일찍 집 에 들어가 너를 안고 목욕을 시켰고 웃는 모습을 보면 모든 걱정이 씻은 듯 사라졌지. 아들이 있으니 더 열심히 살아야 지 더 성실히 일해야지 생각했단다.

따뜻한 물로 목욕을 시킬 때는 아빠의 팔꿈치로 물 온도 를 맞췄다. 행여 뜨거울까 봐, 차가울까 봐 엄마는 옆에서 물 온도를 조절했고 가녀린 몸이 다칠까 봐 애지중지하며 닦아 주었단다.

기저귀를 갈 때 점점 두꺼워지고 무거워지는 다리를 보고 흐뭇해서 아빠 미소를 날렸지. 알긴 아냐 이놈아 네 똥은 냄 새도 지독했고 양도 엄청났다는 것을. 이 애비는 그것조차도 행복했다.

중이염이 심해 열이 나고 잠을 못 이룰 때 엄마는 밤새 널 안아 주었고 아빠는 위스키로 불덩이 같은 네 몸을 닦아 주었는데 이제 미안하다고 말하고 싶구나. 나도 초보였으니 네가 이해해라 아들아.

옹알이할 때 무조건 아빠라고 말하는 거라고 했고, 엄마는 자기를 부르는 거라고 했다. 넌 그때 뭐라고 말했던 거냐. 자고 있을 때는 수도 없이 뽀뽀를 했다. 너무 귀엽고 사랑스러워서 그랬지.

차를 타고 어딜 갈 때 터널이 나오면 넌 손가락으로 가리키며 알아들을 수 없는 외계어를 말했고, 톨게이트를 지날 때도 그랬지. '터널이다, 톨게이트다' 그렇게 말했던 거 맞지?

세 살 때 어린이집 가는 날 아침이 떠오르네. 엄마는 네 동생을 등에 업고 손에 널 걸려서 처음 보는 이모들한테 갔었지. 생이별이었다. 엄마 품을 떠난 적이 없는 너를 강제로 떼어낼 때 아빠는 먼발치에서 보고 있었다. 엄마도 울고 너도 나도 울었지. 내 몸 한 곳이 떨어져 나가는 것처럼 아팠고 멀어져 가는 차를 붙잡아 되돌리고 싶었다. 일주일이 지나서야 괜찮아졌단다. 잘 적응해가는 모습이 대견했고 아빠는 잘할 거라고 믿고 있었다. 믿고 기다려주는 게 부모인데 솔직히 엄마와 난 조급했다. 다른 아이들과 비교했고 뭐든 다 시키고 싶었다. 아들이 받아들이든 말든 이것저것 시켰는데 이제야 미안한 생각이 든다. 정말 미안해 아들.

어느 날 마트에 갔는데 영어를 읽더구나. 장난감으로 혼자 익힌 알파벳을 읽는 것을 보고 우린 천재다 그랬지. 특히 숫자 감각이 발달한 너의 행동 하나하나가 신기했고 엄마 아빠에겐 매일이 천국이었다.

음식을 골고루 잘 먹었으면 좋겠다. 사탕, 과자, 초콜릿, 탄산음료 그만 좀 먹었으면 좋겠고, 엄마 말 잘 들었으면 좋겠다. 동생이랑 싸우지 말고 양보하고 사이좋게 지냈으면 좋겠다. 만화만 보지 말고 책도 봤으면 좋겠다. 짜증을 부리지 않았으면 좋겠고 코를 그만 팠으면 좋겠다. 스마트 폰 제발 좀 그만했으면 좋겠다. 또 아빠가 욕심을 부리네.

아니다. 아들. 다 필요 없고 그저 건강하고 아프지 말 거라. 그거면 된다. 그저 건강하게만 자랐으면 좋겠다던 엄마, 아빠의 마음은 점점 욕심으로 채워져 버렸네.

밥 먹을 때 편식 안 했으면, 식당에선 예의 발랐으면, 공부도 잘했으면 어른들께 인사를 잘했으면…. 그런 놈은 애초에 없었다. 그러니 그냥 평범하고 건강만 해다오. 모든 걸 잘하는 100점짜리 아들을 만들어 놓고 너를 거기에 맞추니 서로 힘들 수밖에 없었다.

처음 웃었을 때, 처음 걸었을 때, 처음 우리를 불렀을 때…. 그래 그렇게 하나씩 성장하는 널 칭찬해 줄게. 부모의 욕심은 한도 끝도 없단다. 엄마는 표현하고 아빠는 참고 있을 뿐이지.

어느 날 치과 수면치료를 할 때 내 심정은 아무도 모른다. 잘 견뎌 내 줘서 너무 고맙다. 이제 매일 양치질을 잘하는 아들이 좋구나. 곤히 잠든 네 손을 잡아 보았다. 많이 컸구나. 많이 컸어. 두툼한 손이 이제 아빠 등을 밀어도 될 정도구나. 발도 많이 커졌고 어깨도 떡 벌어져 듬직한 머슴아가 되어가고 있어 좋구나. 이제는 자다가도 벌떡 일어나 오줌도 혼자서 누는 것도 멋있단다.

유치원 재롱잔치 때 기억나니. 예쁜 무대 복장을 하고 멋지게 춤출 때 할아버지가 아빠한테 손수건을 건네주셨지. 핏덩이가 어느새 저렇게 커서 부모님 모셔다 놓고 재롱을 피우다니. 태어난 순간부터 여태까지의 기억들이 마구 떠올라 아빠는 펑펑 울었단다.

졸업하던 날은 할아버지, 할머니도 오셨지. 할아버지는 밤새 잠을 설치셨다고 하셨어. 손자의 첫 졸업식이 그렇게도 좋으셨나 봐. 같이 사진을 찍을 땐 세상 부러운 것 없는 표정이셨지. 그 날 할아버지 자리를 챙겨주어서 고맙다 아들. 멋쟁이 내 새끼.

어느덧 자라서 학교에 가게 되었구나. 강당에 모인 많은 친구들 사이에서 단 한 번에 널 찾을 수 있었지. 아빠라는 존재는 그런 초능력이 있단다. 뽀글뽀글 파마에 요즘 유행하는 투 블록을 머리를 하고 있는 넌 제일 잘생기고 눈에 띄었다. 줄줄이 손을 잡고 교실로 향할 땐 아빠 눈에만 보였지만 할아버지도 가장 멋진 모습으로 함께하셨단다. 이제 혼자서 학교를 갔다 오고 태권도 도장을 다녀올 만큼 성장했지. 장하다. 우리 아들. 어른들한테 인사도 잘하고 씩씩한 네가 아빠는 참 좋다.

진웅아 항상 차 조심을 해야 한다. 성격이 급한 너는 항상 뛰어다니는데 급할수록 더 천천히 다녀야 한다. 그리고 모르는 사람이 도와달라고 하면 특히 어른들이 도와 달라고 하면 절대 가까이 가지 마라. 제대로 된 어른들은 어린아이에게 도움을 청하지 않는다. 꼭 명심하거라.

책을 좀 봤으면 좋겠다. 학습지를 알아서 풀었으면 좋겠고 한자 공부도 열심히 했으면 좋겠다. 아침에 일찍 났으면 좋겠다. 학교 급식을 다 먹었으면 좋겠고 엄마한테 짜증 안 부렸으면 좋겠다. 동생 괴롭히지 말고 사이좋게 지냈으면 좋겠다. 아직도 코를 파는데 제발 그러지 말았으면 좋겠다.

아니다. 또 아빠의 욕심이 불쑥 올라왔네. 아들아 다 필요 없고 건강하고 밝게만 자라다오. 그러면 됐다. 이제 1학년인데 벌써 반 친구들의 이름과 번호를 다 알고 있는 네가 기특하구나. 하지만 타고난 재능을 칭찬하지 않으련다. 앞으로 살면서 힘든 일이 있을 때 극복하기 위해 열심히 그리고 꾸준히 노력하는 널 칭찬할 거야. 물론 아빠가 옆에서 든든히 지켜 주고 지원해 줄 테니 그렇게 큰 걱정은 안 해도 된다.

아빠가 야구를 가르쳐 줄게. 테니스를 가르쳐 줄 거고, 축구도 같이 해줄게. 할아버지한테 배운 것처럼 당구도 가르쳐 줄게. 네 발 자전거는 잘 타지만 곧 보조 바퀴를 없애면 뒤에서 아빠가 잡아 줄게.

좀 더 크면 면도하는 법을 가르쳐 줄 거다. 옷 입는 법을 가르쳐 줄 것이고 신발 고르는 법을 가르쳐 줄게. 술은 아빠한테 배워라. 담배는 한 번 손대면 끊기 어려우니 아예 피우지 말거라. 아빠도 끊으려고 노력 중이다. 운전도, 골프도, 낚시도, 수영도 가르쳐 줄게. 넌 그저 건강하게만 착하고 바르게만 자라만 다오.

공부는 하고 싶을 때하고 궁금한 건 언제든지 물어 보거라. 어느 순간 아빠가 네게 물어볼 날이 오겠지. 약속은 칼같이 지키고 시계는 20분 빨리 맞춰 놓아라. 돈은 빨리 갚고 천천히 받아라. 운동 하나쯤은 특기로 만들어라. 말은 적게 하고 한마디를 하더라도 힘 있고 센스 있게 해라. 속을 털어놓을 친구는 두 명만으로 충분하다. 아들아 보이지 않는 그늘이, 우산들이 널 지키고 있으니 아무 걱정하지 말 거라. 사기 치거나 위험 하거나 다른 사람에게 피해 주는 일 아니면 어떤 일이든 마음껏 해 보거라. 세상은 진지하게 한번 살아볼 만한 가치가 있단다. 인생 분명히 뭐 있다.

아빠는 아들과 같이 지리산을, 봉정암을 가보고 싶고 해외로 배낭 여행을 가고 싶다. 같은 책을 읽고 토론도 하고 싶다. 깊은 밤 별을 보며 산속을 걷고 싶다. 돈에 대해서, 사람에 대해서, 여자에 대해서 올바른 생각을 갖도록 옆에서 도와주고 싶다. 멋진 레스토랑에서 식사하는 법을 가르쳐 주고 싶다. 가진 것이 비록 부족하더라도 텅 비어 있지 않은 영혼과 따뜻한 마음을 갖게 해주고 싶다. 남을 배려하는 향기로운 남자가 되게 하고 싶다.

이렇게 너는 내 모든 것이고 삶의 이유이다. 같이 한번 멋들어지게 살아 내어 보자꾸나, 내 사랑하는 아들 진웅아. 할아버지와 할머니는 네 전화를 세상에서 가장 좋아하신단다. 그러니 자주 전화 드려라. 그분들에게는 시간이 많지 안단다. 이 말뜻을 알게 될 때면 전화로 목소리 못 들을지도 모르겠다.

할아버지가 주시는 생선살도, 할머니가 몰래 손에 쥐어 주시는 사탕도 꼭 기억을 해야 한다. 먼 훗날 이 아빠가 할아버지가 그립고, 보고 싶어서 눈물 가득한 소주 한잔할 때 네가 옆에서 할아버지와 할머니와의 추억어린 이야기를 해주어야 한다. 아빠의 눈물을 보기는 아주 어려울 테니까 말이다. 그때는 네가 아빠를 위로해줘야 한다. 이것만은 꼭 약속해라.

그리고 마지막으로 네 엄마 같은 여자와 결혼해라. 안 그러면 아빠는 그 결혼 반대다. 자 이제 또 다른 해가 떠오른다. 하루하루 열심히 살자. 멀리 내다보지 말고 지금 행복하

자. 우리.

사소하지만 가진 것에 감사하고 평범함을 고마워하자. 그리운 사람 있으면 그립다 하고 보고 싶으면 보고 싶다고 그러자. 고마운 사람에겐 고맙다고 지금 바로 이야기하자. 아들아.

난 평생 네가 날 '아빠'라고 불렀으면 좋겠다. 나의 '아빠'가 '아버지' 되던 날은 두 남자가 엄청 멀어졌고, 그 거리는 평생을 두고 좁혀지지 않았단다. 만약 나중에 나를 아버지라고 부를 날이 오거든 그때는 둘이 마주 앉아 술 한잔하자꾸나. 그때는 또 다른 세상을 알려줄게. 아들아 난 너의 영원한 아빠이고 싶다. 사랑한다. 사랑해.

지금도 보고 싶고 영원히 보고 싶을 내 하나뿐인 아들에게 아빠가…

6.

딸에게 보내는 편지

내 딸 규리에게.

규리야 넌 태어나기 전부터 공주였단다. 친척들 통틀어 여자아이는 너뿐이었거든. 예쁘고 파란 토마토 꿈을 엄마가 꾸었다. 태몽에 맞게 앙증맞고 귀여운 딸이 태어났지.

그렇게 빨리 세상 구경을 하고 싶었더냐. 5분 만에 엄마 뱃속에서 나왔으니까. 모든 식구들이 좋아했고 딸이라서 기쁨은 두 배였단다.

둘째라서 그런지 키우기는 수월했다. 한 번 잠들면 안 깨고 다음 날까지 잘 잤고, 먹는 것도 뭐든 잘 먹었지. 엄마가 널 가졌을 때 매운 음식이랑 탄산음료를 많이 마셨다고 하더라.

그 때문인지 피부 아토피가 약간 있는데 정말 미안하구나. 요즘은 이 아빠가 엄마를 심하게 째려보곤 한단다. 물론 본전도 못 찾지만 말이다.

꽃 달리고 리본 달린 예쁜 옷만 사서 입혔다. 핑크색을 좋아하는 우리 딸에게 딱 어울리는 옷들만 골라 주었지. 족발을 들고 뜯고 있는 세 살 때 사진을 보면 절로 웃음이 난다.

이모가 화장하는 걸 보고 가방을 뒤져 눈이며 입술에 화장품으로 낙서를 한 모습을 찍은 것도 있단다. 커서 뭐가 되려고 저러는지 하며 온 식구들이 웃고 난리가 났었지. 나중에 크면 보여줄게.

엄마가 아무것도 안 시켜 넌 하얀 도화지 같은 상태였지. 그래서인지 말도 빨리 배웠고, 춤도 금방 따라 추더라. 눈치가 빠르고 아무튼 오빠와는 그런 부분에선 비교될 만큼 차이가 났다.

규리 네 별명은 많단다. 똑똑해서 또리, 음식을 쏟고 흘리고 해서 흘녀, 살이 쪄서 뚱순이, 예뻐서 이삐, 말 안 듣고 고집 피울 땐 삼순이지.

오빠의 괴롭힘에도 굴하지 않고 깡다구 있게 오빠 등짝을 때릴 때는 누구 편을 들어야 할지 모르겠구나. 신발 정리도 척척 잘하고 혼자 화장실도 잘 가고 노래도 잘 부르는 우리 딸이 세상에서 가장 예쁘다.

하지만 한번 씩 옷 투정을 부릴 때는 기가 꽉 찬단다. 어쩌겠어 그렇게 키웠는걸. 맘에 드는 옷이 없어 드러누워 고집을 부릴 땐 정말 답이 없더라. 엄마한테 엉덩이 몇 대 맞고 울고 있으면 아빠가 안아 주고 싶지만 그러질 못해서 미안하구나.

머리핀이며 액세서리, 인형을 모으고 장난감 화장대를 사는 걸 보면 천생 여자고 천상 야시다. 야시. 박규리 이 백야시야.

인형 목욕시킨다고, 머리 빗겨준다고 안고 노래 부르는 모습은 참 귀여웠지. 혼자서도 잘 놀아줘서 참 기특하단다.

다리 아프다고 업어달라고 하면 이제 야단치지 않고 언제든지 업어줄게. 몇 해 지나면 업히라고 해도 날 피할 테니까. 언제 이런 시간이 다시 오겠니.

독감에 걸려 링거 맞고 입원했을 때를 생각하면 아빠는 지금도 가슴이 아파온단다. 열이 펄펄 나서 널 안고 응급실 갔을 때도 그랬고, 넘어져서 무릎을 다쳤을 때도 내 가슴은 무너졌단다. 이제는 제발 아프지 말고 건강하게만 자라다오.

유치원 재롱잔치 때 화장하고 무대에 섰을 때 모습은 어느 걸그룹보다 예쁘고 화려했지. 그날은 할아버지가 눈물을 흘리셨다.

우리 규리는 시크릿 쥬쥬, 겨울왕국, 라푼젤 등의 공주 옷만 입고 잠옷도 공주 그림에 핑크색이지. 이 핑크 공주 아가씨야.

내 딸은 인형 놀이를 좋아하고 치즈피자를 좋아한다. 유치원 남자친구인 태경이를 좋아하고 김규리를 좋아한다. 지운이와 유은이를 좋아한다. 토끼 머리띠와 고양이 머리띠를 좋아한다. 원피스 드레스와 장미꽃을, 민들레를 좋아하며 진주 구슬 목걸이를 좋아한다. 딸기 케이크를, 체리를, 산딸기를 좋아한다. 복숭아, 자두, 쿠키, 샌드위치를 좋아하고 라면과 꿀을 좋아한다.

짜장밥, 카레밥, 김치를 좋아하고 비빔국수도 좋아한다. 아빠보단 영환이 삼촌을 좋아한다. 엄마보단 이모를 좋아한다. 목욕하고 아빠가 로션 발라주는 걸 좋아한다.

자기 전에 누워서 책을 한 글자씩 번갈아 읽는 걸 좋아하지. 캐리 언니와 보람 튜브를 좋아하고. 소녀시대의 '라이언 하트'를 틀어 놓고 춤을 따라 추는 걸 좋아한다.

어떠냐? 이정도면 아빠도 너에 대해 많이 알지? 예쁘면서 털털한 그런 여자 있잖아. 성격도 좋고 딱 부러지고 야무진 그런 여자. 규리 넌 그런 스타일이야. 어린이집 처음 갈 때 울고불고 동네가 난리가 났지만 단 3일 만에 적응하는 널 보고 아빠는 안심했지.

어버이날 감사편지를 받고는 깜짝 놀랐다. 배우지도 않은 그림을 어찌 그리도 잘 그렸더냐. 엄마랑 마주 보고 싱긋 웃었단다. 마트에서 너에게 줄 머리핀을 고르려고 아줌마들 틈 사이에 섰을 때 아빠는 살짝 부끄러웠지만 그걸 받고 좋아할 모습 생각하며 용기를 내었단다. 사실 처음이었거든.

공주 왕관 모양이었는데 네가 좋아할지 어떨지 살짝 걱정도 되었단다. 일주일 내내 하고 다녀서 참 다행이었지. 고마웠어. 규리야.

나중에 아빠 팔짱 끼고 쇼핑하러 다니자. 아빠가 예쁜 하이힐이랑 미니스커트, 민소매 셔츠도 사줄게. 용돈이 필요하면 살짝 문자 보내라. 비상금 털어 보태줄 테니까. 엄마한테는 당연히 비밀이다. 알았지?

피아노도 배우고 발레도 배우게 해줄게. 수영, 테니스, 골프는 아빠가 가르쳐 줄게. 승마는 안 가르쳐 줄 테다.

아빠는 규리가 이렇게 컸으면 좋겠어. 명품 두르고 머리텅 빈 된장녀보다는 네가 속이 꽉 찬 명품이 되었으면 좋겠다. 예의 바르고 착했으면 좋겠고 예쁘고 성격도 좋았으면 좋겠다.

돈 쓸 때는 쓸 줄 아는 여자가 더 멋지단다. 아빠가 용돈많이 줄게. 책도 많이 읽었으면 좋겠고, 여행도 많이 다녔으면 좋겠다. 엄마랑은 친구 같고 아빠랑은 애인 같았으면 좋겠다.

진로에 대해 같이 고민했으면 좋겠고 남자친구가 생기면아빠에게 이야기해주면 좋겠다. 잠깐만. 남자는 아빠 빼고다 짐승이니 남자친구는 생각 좀 해보자. 꼭 아빠 같은 남자만나라. 안 그러면 난 그 결혼 반대다.

아니다. 너도 바르고 정직하고 건강하게만 자라다오. 아빠욕심이 너무 과하구나. 우리한테 와 준 것만으로도 이미 빛나고 고마운 내 딸아. 어느 날 아빠 어깨가 축 처져 있거나뒷모습이 외로워 보일 때는 엄마 몰래 데이트 신청해주라.

부탁할게. 엄마한테 심하게 바가지 긁힌 날도 넌 내 편이 되어 주리라 믿는다. 훗날 할아버지 제사 때 아빠가 울거든 조용히 손수건 건네줘야 한다. 아빠 눈물을 보기는 쉽지 않을 테니 말이다.

그런 날은 오빠랑 소주 한 잔하고 들어가면 시원한 콩나물 해장국 부탁해도 되겠니? 엄마 닮아 음식 솜씨도 좋을 거니까. 엄마도 거하게 취할는지 모르겠다.

우리 또리, 흘녀, 뚱순이, 삼순이, 이삐야, 빨리 보고 싶구나. 오늘 퇴근하면서 우리 딸 좋아하는 족발 사갈게. 사랑한다, 사랑해. 건강하게 자라서 예쁜 숙녀가 될 규리를 기대하면서.

하늘의 별같이 예쁘고 똑똑한 규리에게 너의 단 하나뿐인 사랑하는 아빠가…

7.

거울

　가만히 거울을 들여다본다. 눈가에 주름도 약간 생겼고 기미도 올라와 있다. 얼굴을 옆으로 살짝 돌리니 흰 머리카락 몇 가닥이 눈에 띈다. 보기 싫어 족집게로 뽑았는데 따끔했다. 검은색도 몇 개 같이 뽑았다. 반대쪽에도 몇 개가 보인다. 이마도 점점 넓어지는 것 같다. 어제 술을 마셔서 그런지 다크 써클도 생겼네. 그래도 아직까지는 봐 줄 만하다. 면도를 깨끗하게 하고 머리를 만지고 외출 준비를 끝냈다. 오늘은 오랜만에 아버지 뵈러 가는 날이다.

　아들이 잠이 덜 깬 눈으로 화장실 문을 열고 들어와 아빠 잘 잤냐고 인사를 한다. 귀여워서 머리를 쓰다듬어 주었다. 거울에 아들 얼굴과 내 얼굴이 함께 비친다. 닮은 것 같기도 하고 아닌 것 같기도 하다. 거울에 김이 서려 뿌옇게 되었다. 손으로 쓰윽 문질러 닦았다. 그 새 아들놈은 다시 이불 속으로 들어가 버렸다. 누워서 단잠을 자고 있는 저들을 위해서라도 매일 거울을 닦듯이 나를 닦아내야 한다.

　아내의 화장대에는 거울이 있다. 두 여인이 같이 쓰는 거울이다. 그중 한 명은 까치발을 하고서야 얼굴이 겨우 보인다. 엄마를 따라 화장을 하고 썬크림 바르는 딸을 보면 나중에 뭐가 될까 심히 걱정스럽다. 이제 겨우 여섯 살이다. 엄마를 그대로 따라 한다. 엄마는 딸의 거울이다.

수수하고 검소한 아내가 좋다. 늘 돈 달라고 우는 소리를 하지만 돈을 써야 할 때는 쓸 줄 아는 여자다. 만 원도 안 하는 티셔츠 한 장 사 입고선 얼마짜리냐고 맞춰보란다. 참 귀엽고 사랑스럽다. 딸도 그런 아내를 닮아 가기를 은근히 기대해본다.

야시 같은 딸은 장난감 화장대가 있다. 서랍 속에는 동그랗고 작은 손거울이 있다. 그걸 손에 들고 표정 연습을 한다. 배우지도 않은 서울말로 혼자서 중얼거리는데 옆에서 보고 있으면 웃음이 절로 난다. 거실에 있는 전신 거울 앞에선 소녀시대의 안무를 따라 하고, 만화영화의 주인공처럼 공주 옷을 입고 빙그르르 돌기도 한다. 치마가 동그랗게 날리는 모습을 보라고 난리다. 춤 솜씨가 점점 늘어가고 있다.

일어나 스트레칭을 하고 라디오를 켰다. 일기예보에서 당분간 미세먼지가 극성을 부린다고 한다. 마스크와 장갑으로 시선이 이끌렸다. 오늘 산책나갈 때 잊지 않고 챙겨야겠다고 생각했다. 화장실로 가서 세수하고 면도를 했다. 할망구한테 거울에 있는 얼룩을 지우라고 했는데 이제는 말도 안 듣는다. 휴지에 물을 묻혀 닦아 보지만 찌든 얼룩은 잘 지워지지 않았다. 과거의 실수와 잘못된 판단이 내 기억에서 잘 지워지지 않는 것처럼 애를 먹인다. 요즘 들어 생각이 많아서인지 잠을 청해도 깊은 잠을 이루기 어렵다. 그 까닭에 눈이 좀 부었다. 실핏줄 터진 손등이 오늘 아침은 더 보기 싫어 눈살이 찌푸려진다. 어제 이발을 해서 그런지 머리숱은 더 없어 보이고 흰 머리는 더 눈에 띈다. 할망구가 누룽지 먹으러 나오라고 소리를 친다. 애교는 바라지도 않는다. 사근사근한 맛이 하나도 없다. 할망구가 무서워진다. 그래도 한 가지 위안은 오늘 아들 내외와 손자 손녀가 온다는 것이다.

거울을 보고 씨익 웃는 연습을 해본다. 주름살은 나이보다 적다. 어디 가면 내 나이로 안 본다. 지난해 영감이 사준 선글라스 쓰고 나가면 다들 50대로 보인다 했다. 아들 초등학교 시절엔 아들 친구들이 날 보면 막내 이모냐고 할 정도였다. 그 생각이 나서 거울을 보고 씽긋 웃었다. 사진 속의 손자 손녀도 따라 웃는다. 요즘 들어 얼굴 살이 약간 처지는 것 같아 속이 상한다. 오늘 경로당 점심 회식 때 입을 옷을 골라서 몸에 대어 본다. 왠지 씁쓸하고 기분이 가라앉는다. 입을 만한 옷이 없다. 파마를 언제 했는지 모르겠다. 큰 빗으로 대충 머리를 빗어 넘겼다. 흰머리가 뿌리에서부터 올라오고 있다. 염색도 해야겠다. 장남이 사준 MP3에선 '내 나이가 어때서'라는 노래가 흘러나온다. 콧노래를 흥얼거려 보지만 기분이 살아나지 않는다. 갑자기 짜증이 난다. 저 영감탱이는 삼십 분째 화장실에서 도대체 뭘 하는지 모르겠다. 누룽지 한 그릇 퍼서 식탁에 올려놓고 소리를 꽥 질렀다. 속이 좀 후련하다. 오늘 점심때 막내아들이 온다고 했다. 아들 좋아하는 양념게장이랑 손자 좋아하는 조기 한 마리 준비해야겠다.

처녀 때가 생각난다. 화장 안 해도 예뻐서 남자들이 줄을 섰는데 그런 때가 또 올까 싶다. 대학 동아리 후배들이 만나자고 한다. 옷장을 열었는데 입을 옷이 없다. 애들 키우느라 정신없었고 친구들 선후배들 만날 시간은 더욱 없었다. 남편은 아무것도 모르고 백화점가서 좋은 옷 하나 사 입으라고 마음에도 없는 소리를 한다. 맨날 싸구려만 입는다고 핀잔이다. 깊은 속도 모르면서. 그냥 하나 확 질러버려?

요즘 들어 부쩍 늦게 온다. 애들이랑 놀아 주지도 않고 술도 많이 먹고 어느 날은 술 먹고 들어와 우는 소리도 난 것 같다. 이 인간 무슨 생각으로 사는지 물어봐야겠다. 주말엔 억지로 끌고 나들이라도 가자고 해야겠다. 불쌍한 내 새끼들. 그래도 아직까지는 살 만하다. 거울에 비친 내 모습이 영판 애 둘 키우는 아줌마구나. 어휴… 한숨이 절로 나온다. 시댁 가기 전에 오천 원 주고 앞머리나 잘라야겠다.

엄마의 화장대는 높다. 발끝으로 서 있으면 너무 힘들다. 빨리 키가 컸으면 좋겠다. 화장품이 너무 많아서 뭐가 뭔지 모르겠다. 엄마가 어디서 얻어 온 샘플이라는 것을 얼핏 들은 기억이 난다. 난 화장하는 게 너무 좋다. 친구들한테 예쁘게 보이고 싶다. 거울이 더 크고 예뻤으면 좋겠다. 공주가 그려져 있고 옆에 장식이 예쁜 핑크색 거울을 눈여겨 봐둔 게 있다. 오늘 할아버지한테 가면 사 달라고 해야겠다. 난 핑크색이 너무 좋다. 그런데 엄마는 옷을 너무 못 입는다. 좋은 옷이 있을 텐데, 솔직히 같이 다니면 살짝 부끄럽다. 나중에 내가 커서 돈 많이 벌어 엄마도 핑크색 공주 옷 사 줘야겠다.

아빠는 맨날 늦게 들어와 술 냄새, 담배 냄새를 풍기며 자는 척하는 내 볼에 뽀뽀를 한다. 까칠한 수염이 내 볼에 닿으면 정말 싫다. 아빠가 같이 놀아 주고 그네 밀어주고 목말 태워 줄 때가 제일 좋다.

아빠는 멋있다. 쫙 빼입은 양복이 멋있다. 깔끔하게 면도하고 넥타이 매고 출근할 때 보면 '나도 커서 아빠 따라 해야지'라는 생각이 든다. 아빠 냄새도 진짜 좋다. 옆을 지나가면 좋은 냄새가 스쳐 지나간다.

학교 입학 한 지가 엊그제 같은데 벌써 두 달이 지났다. 난 학교 가는 것이 재밌다. 체육 시간이 제일 좋다. 강당에서 축구도 하고 게임도 하는데 시간 가는 줄 모르겠다. 체육 과목만 있으면 좋겠다. 방과 후 수업인 컴퓨터도 재밌다. 타자연습이 벌써 5단계까지 올라갔다. 아빠 타자 속도는 엄청 빠르다. 시속 천 킬로다. 뭐든 잘하는 아빠가 너무 좋다.

엄마를 따라가서 파마를 했다. 거울을 보니 멋있다. 웃으니까 이빨 빠진 개우지 모습이다. 엄마, 아빠가 놀린다. 빨리 이빨이 났으면 좋겠다.

난 요즘 엄마의 잔소리가 너무 싫다. 친구들이랑 놀고 싶고, 자전거 타고 싶고, 딱지치기도 하고 싶은데 맨날 책 봐라, 공부해라, TV 보지 말라고 한다. 어제 대들다가 엉덩이 몇 대 맞았는데 아직도 아프다. 저 빨간 파리채를 없애 버려야겠다. 엄마가 싫다. 그래도 피자, 쿠키, 라면을 끓여주는 엄마가 너무 좋다. 오늘은 할아버지한테 가는 날이다. 할머니가 해 주시는 생선이 너무 맛있다.

본가에 갔다가 고등학교 동기 모임에 갔다. 가끔 뵙는 부모님 얼굴이 나날이 늙어져서 마음이 무겁다. 가는 내내 우울했다. 오랜만에 부산에서 온 박 원장이 멀리서 손을 흔든다. 아까의 생각은 어느새 사라졌다. 부어라. 마셔라. 이런저런 세상 사는 이야기하다 보니 또 열두 시다.

마누라 잔소리를 들을 생각하니 갑갑해서 담배 한 개를 입에 물었다. 이것도 끊어야 할 텐데 생각하고 있는데 대리

운전 기사분이 오셨다. 주차 공간이 없어 헤맸다. 집에서 먼 곳에 겨우 주차를 했다. 걸어가면서 또 담배에 불을 붙였다. 무심코 노래를 흥얼거렸다.

'곱고 희던 그 손으로 넥타이를 매어 주던 때⋯. 세월은 그렇게 흘러 여기까지 왔는데⋯.'

담배 연기 길게 내뿜고 집으로 들어섰다. 조용히 방문을 열었다. 옆으로 누워서 자고 있는 아내가 눈에 들어왔다. 매일 아침 입을 셔츠를 깨끗하게 빨고 다려서 준비해주는 아내가 고마웠다. 옷 사 입으라고 지갑에서 돈을 꺼내 아내 폰 사이에 슬며시 넣어두었다. 아들 파마머리가 귀여워 머리를 쓰다듬으니 몸을 옆으로 돌린다. 잠에서 깰까 봐 조심스레 이불을 덮어주었다. 딸은 여전히 핑크색 잠옷을 입고 잔다. 볼에 통통하게 살이 올라 예쁘고 귀엽다. 양쪽 볼에다 뽀뽀를 해 주었다. 얼굴을 살짝 찌푸렸다.

샤워를 하려고 물을 틀어 놓고 거울을 보았다. 난 항상 멋져야 한다. 아빠로서 잘해야 한다. 사회생활도 열심히 해야 한다. 실패하거나 좌절해서는 안 된다. 우는 모습은 특히 안 된다. 부담스럽다. 어깨에 힘이 들어간다.

술에 취해서인지 갑자기 눈물이 왈칵 쏟아졌다. 물을 틀어놓고 계속 울었다. 참지 않고 다 털어내 버렸다. 한참을 울고 있는데 거울 속에 한 남자가 또 울고 있었다. 자세히 보니 그는 내 아버지였다. 넥타이를 반쯤 풀어헤치고 있었고 숱 많은 검은 머리카락은 헝클어져 있었다. 젊은 40대의 모습이었다. 세수하는 척하며 눈물을 흘리고 있었다. 물을 틀어놓고 계속 울고 있었다. 그렇게 둘이서 속이 시원하게 펑펑 울었다. 이제 푹 잠들 수 있겠다. 아무 일 없는 듯 나와 조용히 이부자리로 들어가니 아내가 잠에 취한 목소리로 묻는다.

"울었소?"

8.

세상의 모든 아버지들에게

엊그제 일이었다. 오랜만에 직장 동료들과 치킨과 시원한 맥주를 먹었다. 각자 아버지 노릇에 바빠서 같이 하는 자리를 만들기 어려웠다. 바삭하게 튀겨진 치킨이 나왔고 눈처럼 하얀 거품을 덮어쓴 맥주는 하루의 갈증을 풀어주기에 충분했다. 이런저런 이야기가 오갔고 각자 고충을 털어놓으며 여러 잔 마셨을 때였다. 후배 한 명이 먼저 입을 열었다.

8살 때 아버지를 여의고 비가 오나 눈이 오나 새벽 3시에 일어나 신문 배달을 했고 어머니가 신문사까지 데려다주었다고 했다. 게다가 후배의 어머니는 불의의 사고로 인해 얼굴에 화상을 입어 장애등급까지 받았다고 했다. 그런 가정환경에서도 어두운 구석 없이 긍정적인 그 후배가 참 좋았다. 어린 나이에 겪었을 고생을 생각하니 불쌍하기 짝이 없었다.

비 오는 날은 어머니의 품에 안겨 비닐을 덮어쓴 채 신문사까지 갔다는 데 그 어미의 심정은 오죽했을까. 그 이야기를 하는 동안 후배의 눈시울이 붉어지는 듯했다.

고생했다며, 지금은 잘살고 있지 않으냐며 우린 격려했고 다 같이 시원한 맥주 한 잔을 입에 털어 넣었다. 아들이 사춘기에 접어들었다고 한다. 전교 6등 하던 녀석이 반에서 꼴등을 했다며 죽을 지경이라고 말했다. 주말이면 모든 약속 취소하고 애들과 함께 뭐든 한다는 그 후배는 멋진 아버지였다.

이 팀장은 딸만 둘이다. 둘째는 걱정도 안 한다고 했다. 성격이 좋다는 뜻이다. 아이돌 그룹에 심하게 빠져 있는 것만 빼고. 첫째는 올해 고3이 되었다. 대한민국의 고3이라….

학원 여러 군데를 마치고 집에 들어간다고 딸에게 전화가 왔다. 그때 시간이 11시였다. 우리가 있는 곳과 가까웠다. 딸을 불렀다. 매일 아침 못 일어나는 딸을 보면 안쓰럽고, 밥 한 숟가락이라도 더 먹이려고 들고 따라다닌다고 했다. 학교까지 바래다주고 출근을 한다고 했고 차 안에선 아무 대화도 없다고 했다.

딸이 왔고 아빠는 가방을 받아준다. 우리보고 얼마나 무거운지 들어보란다. 성장하는 애들이, 그것도 여학생들이 이렇게 무거운 가방을 들어서야 되겠냐며 열변을 토한다. 딸은 부끄러운지 조용히 옆에 앉아있다. 딸 먹여야 한다며 우리보고 더 이상 치킨 먹지 말라고 농담 삼아 이야기했다. 한 잔 더 먹자고 해도 딸이랑 같이 집에 간다면서 부득부득 일어났다. '그 무거운 가방'을 이 팀장은 자기가 짊어지고 앞장

섰다. 양복 어깨가 다 구겨졌다. 그러면서 딸에게 손잡고 가자고 하니 고3은 못 본 척했다.

딸은 우리에게 인사를 꾸벅 하고 먼저 나갔다. 그런 모습에 멋쩍었던지 이 팀장은 씩 웃고 뒤따라 나갔다. 그 둘의 뒷모습에 흐뭇한 미소가 절로 번진다. 이 팀장은 살갑고 정많은 아버지였다. 그렇게 한잔하고 집에 들어오니 다들 자고 있었다. 식탁 위에 놓인 종이에 눈이 갔다.

"엄마 나 섭섭해."

"왜? 뭐가 섭섭해?"

"엄마랑 공원에 갔는데 엄마 다리가 아파서 섭섭해."

"미안해. 다음부터는 아프다고 안 할게. 오늘 너무 바빠서 엄마가 너무 힘들어서 그랬어."

상황은 이랬다. 저녁에 아들이 자전거를 타고 싶어 엄마에게 집 앞 공원에 가자고 했고, 아내는 다리가 아파 쉬고 싶다고 했다. 그런 엄마를 억지로 졸라 나갔는데 아내는 정말 힘들어서 못 걸을 정도였다고 했다.

엄마가 마음에 걸렸는지 아들은 가까운 데서 자전거를 탔고 몇 분도 타지 않아 곧바로 들어왔다고 했다. 그리고선 방에 가더니 저렇게 종이에 섭섭하다고 적어 보여줬다고 한다. 눈물 많은 아내는 뒤돌아 펑펑 울었다고 했다. 아들이 눈물 닦을 휴지를 챙겨 와서 그 모습에 또 다시 미안하고 고마워 아들을 안고 울었다고 했다. 그렇게 철이 들고 점점 멀어지나 보다 생각하니 나도 울컥했다. 오늘은 그 쪽지가 생각나서 등을 내밀며 아들한테 말했다.

"아들 오늘은 아빠가 업어줄게."

"싫어. 아빠 힘들잖아. 다리 아프잖아."

"아니다. 아빠는 괜찮다. 아빤 슈퍼맨이야."

그렇게 말하는 동안 내 등에는 야시 같은 딸이 껌딱지처럼 어느새 딱 달라붙어 업혔다. 몸도 마음도 부쩍 자란 아들놈 자전거 보조 바퀴 떼 줘야겠다. 우리 아버지들 이젠 이렇게 말했으면 좋겠다.

힘들다고 말하고 싶고, 쉬고 싶다고 말했으면 좋겠다. 더자고 싶다고, 아플 땐 아프다고 말했으면 좋겠다. 직장상사가 싫었고 갑질해대는 거래처 사장이 죽도록 싫었다고. 하지만 참아야 했다고. 가족 때문에 자식들 때문에 부모님 때문에. 너희들과 더 놀아주고 싶었다고, 일찍 집에 오고 싶었다고, 억지로 술 마시기 싫었다고. 더 안아 주고 싶었는데 그러지 못해서 미안하다고. 그 차도, 그 시계도, 그 옷도 갖고 싶었다고. 맛있는 음식 나도 더 먹고 싶었다고 말했으면 좋겠다. 살다가 힘들어 내 엄마 아버지 품에 안겨 쉬고 싶다고 말했으면 좋겠다. 어릴 때 그때처럼.

이제는 사소한 것에 감사할 것이다. 해가 뜨고 지는 것에 바람에 부는 것에 계절이 바뀌는 것에 감사할 것이다. 비가 오고 눈이 오는 것에 뜨거운 밥이 입에 들어오는 것에 감사할 것이고, 구멍 안 난 양말에 깨끗한 속옷을 매일 입을 수 있음에 감사할 것이다. 따뜻한 물이 나오는 것에, 아이들이 건강한 것에, 출근할 직장이 있는 것에 감사할 것이다.

이제는 고마운 것에 고맙다고 할 것이고 미안한 것에 대해 그렇다고 말할 것이다. 마지막으로 내가 누군가의 아버지임에 그 어느 것보다 자부심을 느끼고 자랑스러워할 것이다.

부모는 넓고 어두운 바다를 밝혀주는 등대 같은 존재다. 사춘기 때 방황해도 그 자식들이 돌아올 곳은 단 한 군데뿐이다. 흔들리지 않고 굳건한 믿음으로 자식들을 지켜봐 주고 응원해 줘야 한다.

이렇듯 모든 아버지들은 각자 다른 모습으로 아버지 역할을 해내고 있고 그 역할을 잘 해내야 한다. 물론 아닌 경우도 있지만, 그것까지야 내 알 바는 아니다. 내 코가 석 자다. 하지만 이제는 말하고 싶다. 우리 아버지들 잘 해왔고, 잘하고 있고, 앞으로 더 잘할 수 있다고. 힘내자고.

대한민국 아버지들 파이팅!

　너무 앞만 보며 살아오셨네
　어느새 자식들 머리 커서 말도 안 듣네
　한평생 처자식 밥그릇에 청춘 걸고 새끼들 사진 보며
　한 푼이라도 더 벌고
　눈물 먹고 목숨 걸고 힘들어도 털고 일어나
　이러다 쓰러지면 어쩌나

아빠는 슈퍼맨이야 얘들아 걱정 마
위에서 짓눌러도 티 낼 수도 없고
아래에서 치고 올라와도 피할 수 없네
무섭네 세상 도망가고 싶네 젠장
그래도 참고 있네 맨날
아무것도 모른 채 내 품에서 뒹굴거리는
새끼들의 장난 때문에
나는 산다 힘들어도 간다
여보 얘들아 아빠 출근한다

〈중략〉

아버지 이제야 깨달아요 어찌 그렇게 사셨나요
더 이상 쓸쓸해 하지 마요 이제 나와 같이 가요
여보 어느새 세월이 많이 흘렀소
첫째는 사회로 둘째 놈은 대학로
이젠 온 가족이 함께하고 싶지만
아버지기 때문에 얘기하기 어렵구만
세월의 무상함에 눈물이 고이고
아이들은 바빠 보이고
아이고 산책이나 가야겠소 여보 함께 가주시오
아버지 이제야 깨달아요 어찌 그렇게 사셨나요
더 이상 쓸쓸해 하지 마요 이제 나와 같이 가요 오오
당신을 따라갈래요

　　　　　　　　　　　　　　　- 싸이 〈아버지〉 -

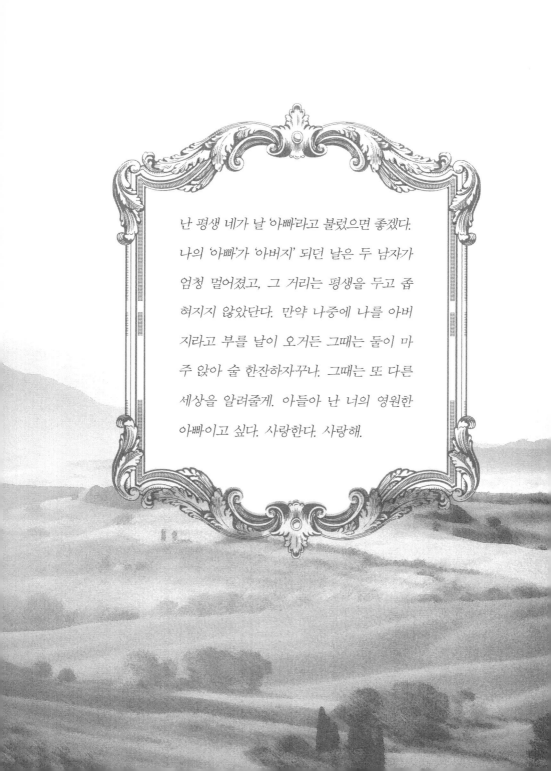

난 평생 네가 날 '아빠'라고 불렀으면 좋겠다.
나의 '아빠'가 '아버지' 되던 날은 두 남자가
엄청 멀어졌고, 그 거리는 평생을 두고 좁
혀지지 않았단다. 만약 나중에 나를 아버
지라고 부를 날이 오거든 그때는 둘이 마
주 앉아 술 한잔하자꾸나. 그때는 또 다른
세상을 알려줄게. 아들아 난 너의 영원한
아빠이고 싶다. 사랑한다. 사랑해.

제5장

당신을 사랑합니다

1.
부모 앞에서 자식은 누구나 불효자다

날씨가 좋다. 봄인데 초여름 날씨다. 문득 어시장 물회가 생각났다. 아버지께 전화드리니 흔쾌히 승낙하셨다. 좋다고 고맙다고 기다리겠다고 하신다. 항상 그렇듯이 1층 주차장에서 기다리고 계신다.

몸집이 예전 같지 않았다. 살이 많이 빠진 듯해 보였다. 신호대기 상태에서 팔뚝을 슬쩍 만져보았더니 근육은 없고 말랑말랑한 살과 뼈가 만져졌다. 다리도 만져보니 내가 기억하는 무쇠 다리가 아니었다. 혈압약, 당뇨약, 고지혈증약을 계속 드신다고 했다. 걷기 운동은 하루에 한 시간씩 꾸준히 하신다고 했다. 목의 파란 줄이 나를 반겼다. 내가 사드린 만보기다.

시원한 물회가 나왔고 맛있게 드시기 시작했다. 슬그머니 맛있는 반찬을 내 쪽으로 밀어주신다. 역시 내 아버지다. 용돈은 충분하냐고 여쭤보려다가 갑자기 목이 메어 말을 꺼내지 못했다. 이런저런 옛 생각이 떠올랐다. 젊고 힘센 무쇠 팔, 무쇠 다리의 아버지가 아닌 왜소한 체구의 한 늙은 남자

가 눈앞에서 물회를 드시고 계셨다. 자주 이런 시간을 가져
야겠다는 생각이 들었다.

밥은 아예 드시지 않았다. 식사량이 줄어 조금만 먹어도
배부르다고 하셨다. 소식(小食)이 몸에 좋다고는 말씀드렸지만
짠하다. 커다란 물회 그릇을 들고 마시면서 내 눈을 잠시 가
렸다. 오는 길에는 내내 손자 이야기다. 얼마 전 2층 침대를
샀는데 아들이 전화를 드린 모양이다. 할아버지 구경 오시
라고 두 번이나 전화를 드렸던 것이다. 혹시나 오시면 며느
리 불편할까 봐 자주 안 오시는 거 잘 안다. 아들 녀석이 대
견했다. 아무래도 어른들 오시면 청소도 해야 하고, 집 정리
도 해야 하니 약간은 귀찮아했던 솔직한 내 심정이 들킨 것
같아 죄송했다. 당신은 자식이 어떻게 해 놓고 사는지 왜 궁
금하시지 않을까. 어른들 운전해서 오시게 하는 것이 불효
인 것 같아 우리가 찾아뵙는다고 했는데, 핑계였다.

어릴 때는 이종 격투기 나갈 것도 아닌데 형이랑 맨날 싸
움질을 했다. 항상 마지막 장면은 엄마의 회초리였다. 손잡
이가 대나무로 되어 있는 먼지떨이를 거꾸로 잡고 때리셨는
데 맞으면 엄청 아팠다. 자국도 많이 남았다. 아버지께서 퇴
근하고 오시면 엄마를 야단치셨다. 엄마도 아버지에게 대꾸
하셨다. 애들 그렇게 키우지 말라고, 나중에 후회할 거라고.

정확한 기억은 없지만, 어느 순간부터인지 회초리가 갈라
지고 부서졌다. 아들 두 놈이 커서 이제 먼지떨이가 감당이

안 되었다. 엄마는 비폭력을 선언하셨다. 때려본들 팔만 아프다고 하셨다. 철들기 전인 그때는 묘한 승리감도 생겼다. 우리 형제는 자주 먼지떨이를 숨기곤 했으니까. 지금 돌이켜 보면 결코 좋아할 일은 아닌데 말이다.

그 후로도 사소한 일들로 참 많이 다퉜다. 목욕 가방을 누가 들고 가는지, TV는 누가 끄는지, 신발 정리는 누가 할 건지 사사건건 싸웠다. 엄마는 '형이니까 네가 양보해라', '아우니까 네가 먼저 해라' 하셨지만 우린 쓸데없는 자존심 싸움을 목숨 걸고 했다. 그 싸움은 대학생이 되어서도 계속되었다.

결국 대형 사건이 터졌다. 항상 그렇지만 싸움의 원인은 사소한 것이라 기억이 나질 않는다. 참고 참았던 엄마가 울음을 터뜨리셨고 우린 집 밖으로 나가버렸다. 몇 시간 뒤 불같이 화가 나신 아버지의 전화가 걸려왔다. 당장 집으로 오라고 하셨다. 여태껏 살면서 그런 아버지의 목소리는 처음이었다. 들어가지 말까 하는 생각과 함께 갈등이 시작되었다. 그런데 이번에는 느낌이 심상치 않았다. 빨리 들어가는 것이 맞다는 생각이 지배적이었다.

긴장한 손으로 문을 열고 들어가니 아버지가 와 계셨고 엄마는 계속 울고 계셨다. 아버지의 눈빛은 예전과는 달랐다. 불똥이 튀고 있었고 그 눈을 마주치자마자 내 뺨을 내리치셨다. 단 한 대였다.

난 그 자리에서 얼어붙어 버렸고 오히려 엄마가 아버지를 말렸다. 순간 알 수 없는 눈물이 주르륵 흘렀다. 무슨 감정인지 몰랐다. 지금도 왜 눈물이 흘렀는지 모르겠다. 태어나서 아버지에게 처음 맞는 손찌검이었다. 후련했다. 그 한 대로 모든 잘못이 용서된 것처럼 느껴졌다. 아버지는 문을 열고 나가버리셨다. 어두워지고 한참을 지나서야 들어오셨다.

어릴 때는 엄마가 야무지게 때리셨는데 그것도 안 되면 아버지께 도움을 청했다. 아버지는 야구방망이를 들고 형제를 엎드리게 하고선 장난으로 때리는 시늉만 했고 우린 진짜 아픈 척하며 데굴데굴 굴렀다. 그렇게 해프닝으로 사건이 끝나면 엄마도 웃으면서 다음부터 싸우지 말라고 하시면서 아버지한테 눈을 흘기셨다. '죽검'으로 맞은 적도 있다. 소리만 클 뿐 하나도 아프지 않았다. 이렇듯 자라면서 아버지는 절대 우리를 진짜로 때린 적이 없었다. 엄하게는 키우셨지만, 침묵으로 일관하셨고, 고함도 한 번 안 지르셨다. 아버지들은 그래야 했는지도 모르겠다. 하지만 제일 무서운 사람은 아버지였다.

그런 아버지에게 뺨 한 대 맞은 게 뭐가 대수랴마는 난 그저 하염없이 눈물이 났다. 아파서도 아니고 억울해서도 아니었다. 미안하고 죄송해서 그랬을 것이다.

한참을 지나서 엄마랑 우연히 그때 일을 회상할 기회가 있었는데 엄마도 당시에 아버지께서 그 정도로 나올 줄은 몰랐다고 하셨다. 그 일을 계기로 우리 형제는 평생 끝나지 않을 것 같았던 싸움을 멈췄다. 아버지의 '딱 한 방'이었다.

8살짜리 아들 때문에 기어이 아내는 눈물을 보였다. 말도 안 듣고 뺀질거리며 대들고 아무튼 들어보니 종합선물세트다. 동생 괴롭히고 놀리고 옆에서 보고 있자니 피가 거꾸로 솟는다. 하지만 난 상관 안 했다. 그저 책이나 보고 있었다. 글이 눈에 들어올 리 없었지만 말이다. 애들 싸움에 어른이 끼어들면 안 된다는 게 내 지론이다. 위험하거나 폭력을 쓸 때는 말려야 한다. 그게 아니고서야 자기들끼리 싸우다가 화해하고 친해진다. 지지고 볶고 하면서 배우는 점도 분명히 있다. 아내는 그 꼴을 못 보고 매를 든다.

빨간 파리채다. 애들에겐 공포의 대상이다. 하루는 아들이 그것을 숨겼다. 난 어디 있는지 알았지만 어릴 때 내 모습이라 입 다물고 있었다. 헛똑똑인 내 딸 또리가 여기 있네 하면서 찾아내곤 했다.

아내가 애들을 때리거나 야단칠 때는 내 기분이 좋을 리 만무하다. 자기 새끼 누가 야단치면 기분 좋을 부모 없다. 그때는 아내도 남이다. 그래서 정도가 지나치다 싶으면 그만하라고 내가 말린다.

어젯밤 아내는 폭발했고 공포의 파리채를 거꾸로 들고 아들 엉덩이를 몇 대 내리쳤나 보다. 자고 있는 아들 얼굴을 보더니 찔끔찔끔 울기 시작했다. 엉덩이를 살짝 들춰보니 시퍼런 멍이 제법 크게 생겼다. 난 인상이 구겨졌고 아내는 멍을 보고 또 울기 시작했다. 왜 우냐고 물으니 처음엔 화가 났는데 그 화가 답답함으로 바뀌었고, 미안함으로 마무리되었다 했다.

난 내 어릴 때부터 엄마한테 맞았던 일, 아버지한테 맞았던 일까지 다 이야기해주며, 때려봤자 소용없다고 했다. 그러면서 크는 거라고 했다. 그리고 내 앞에서 애들 때리지 말라고 했다.

아이들을 내 새끼라 생각지 말고 친구라고 생각하라고 했다. 비교하지 말라고 했고 한 걸음 성장하는 것에 감사하라고 했다. 섭섭하다고 글로 표현할 줄 아는 것에 가슴 아파하면서도 칭찬을 아끼지 말라고 했다. 이래라저래라하지 말라고 했다. 나중에 시간 지나면 다 알게 될 것을 벌써 가르치지 말라고 했다. 내 아버지가 내게 했던 것처럼 말이다.

우리에게 와 준 그 자체로 감사하고 고마워하면 된다. 엄마의 욕심이 아이들을 힘들게 하고 갈등을 생기게 한다. 오늘 아침 아내의 눈은 부었지만, 얼굴은 어젯밤과는 다르게 환하다.

바람난 들개처럼 늦게 싸돌아다닐 때 아버지는 내가 들어올 때까지 안 주무신 걸 안다. 새벽 한두 시에 문 열고 들어가면 화장실 가시면서 묵직한 눈빛 한번 주시고 헛기침 한번이면 끝이었다. 그 눈빛은 '들어와서 다행이다. 잘 자라,'

'일찍 좀 다녀라'라는 말씀을 대신했다.

결혼하고 살림을 차리면서 내 방 짐을 정리했다. 엄마에게 아들 여태껏 잘 키워주셔서 고맙다고 자주 오겠다고 말씀드렸다. 먼지가 들어간 척하면서 눈을 비비셨다.

아버지께도 인사를 드렸다. 가까이 있으니 밥 먹으러 자주 오겠다고 인사를 드렸다. 빨리 짐 싸서 가라고 하신다. 한 달 뒤 찾아뵈었다.

"아들 빈방 보시니 마음이 휑 하시지예?"

"야이 자슥아 기르던 개도 집 나가면 보고 싶은데 몇십 년을 기른 내 새끼는 오죽하겠나."

하시면서 아버지는 베란다로 나가셨다. 아버지의 '딱 한 방'이 그립다. 얼마나 마음 아프셨을까. 얼마나 화가 났으면 그러셨을까. 얼마나 후회하고 미안해하셨을까. 내가 다 이해한다면 거짓이겠지.

많은 사랑과 정을 묵직한 눈빛으로 주신 것을 잘 안다. 자식을 사랑하는 방법을 배운 적이 없어도 그렇게 조용하고 묵묵하게 믿어 주신 것을 잘 안다. 나도 그렇게 할 것이다. 난 아버지에게 배웠으니까 잘할 수 있을 것 같다.

"아버지 이 불효자 용서해 주십시오."

오늘따라 그 '딱 한 방'이 더 그립다.

2.

시간은 기다려주지 않는다

    지난주 어느 강연회에 참석했다. 꿈을 가진 젊은이들이 강사로 나와 자신을 꿈을 이야기하고 에너지를 전해주는 좋은 모임이다. 과연 청춘은 몇 살부터 몇 살까지일까.

    68세의 평범한 옷을 단정하게 입으신 어머님 한 분이 소개되었고 다들 궁금한 눈빛으로 흥미진진하게 쳐다보았다. 원고를 손에 들고 담담히 인생 이야기를 하시는데 강연회 자리는 눈물바다가 되었다.

    서른 초반에 남편은 암으로 세상을 떠났고 남겨진 삼 남매를 홀몸으로 키우느라 안 해본 일이 없다고 하셨다. 그렇게 말 하시는 도중에 옛 생각이 났는지 목소리가 약간씩 떨렸다.

    식모살이, 청소부, 우유 배달, 보험설계사 등 돈을 벌 수 있는 일은 뭐든지 했고, 자식들 학사모를 다 씌워 주셨다고 했다. 얼굴에는 지난 세월을 힘듦과 고됨이 고스란히 묻어났지만 웃으실 때 모습은 젊고 꿈 많은 어린 소녀의 그것이었다. 하늘을 나는 게 꿈이라고 하셨던 그분께서는 드디어 딸과 함께 멋지게 날아올랐다고 하셨다. 패러글라이딩을 타고 온 세상을 발아래 둔 사진이 영상으로 소개되었고, 그 순간 우리 모두는 기립 박수로 축하해 드렸다. 옆에서 손을 꼭 잡고 있는 예쁜 딸은 눈물을 하염없이 쏟아내고 있었다. 앞으로의 꿈은 종이접기 지도자 자격증을 따는 것이라 하신다. 손자, 손녀들과 함께 시간 보내시고 싶다고 했다. 그분의 꿈은 반드시 이루어질 것이다. 진심으로 건강하시길 빈다.

엄마는 수영을 잘하신다. 처음 배울 때는 두 달 정도 다니다가 그만두셨다. 아들보다 어린 수영 강사가 팬티 조각 하나 달랑 입고 못 한다고 핀잔주고 싸가지 없이 말하는 게 그렇게 싫었단다. 이런 싸가지 없는 놈.

엄마는 현명하다. 가만히 생각해보니 수영은 혼자서 할 수 있고, 언제나 할 수 있고, 관절에도 좋다고 했다. 그래서 다시 도전했고 1년 이상을 꾸준히 배우셨다. 이제는 아시아의 인어 급이다. 나도 허우적거리긴 하지만 도저히 따라잡을 수가 없다. 무릎관절이 불편하시지만, 수영을 배우신 덕에 그나마 잘 버텨내신다. 돌침대를 사셨는데 일어나고 눕기가 그렇게 편하고 좋을 수가 없다고 하신다. 평생 바닥에 이불 깔고 주무셨는데 새벽에 화장실 가거나 물을 드실 때도 그렇고 아침에 일어나실 때도 무릎 때문에 고생을 많이 하신 것 같다. 진작 헤아렸어야 했는데 죄송한 마음뿐이다.

요즘은 공원에서 어르신들 상대로 하는 건강 댄스 강의에 참석하신다. 동영상 보는 법도 알려드렸다. 이제야 젊은이들이 휴대전화를 들여다보고 있는 이유를 알겠다고 하신다. 젊게 사시는 엄마가 보기 좋다.

저녁만 되면 파스 냄새가 거실에 진동했다. 아버지의 종아리 뒤쪽 근육에 계속 쥐가 났다. 그래서 원인도 모른 채 파스만 바르고 적외선 안마기를 작동시켰다. 오리 주둥이 사건을 통해 익히 아버지의 성격을 잘 아는지라 병원 이야기는 아예 꺼내지도 않았다. 주변 분들의 경험담에 의하면 허리에 이상이 있으면 신경이 눌려져 다리에 쥐가 날 수 있다고 했다. 큰마음먹고 집 앞 병원에서 허리 사진을 찍었는데 척추 신경관 협착증이라고 판정이 나왔다. 수술 날짜를 잡고 입원을 하셨다. 수술이 내일이면 그 전날 밤에 탈출하셨다. 지금 생각해보면 잘하신 건지도 모르겠다. 어지간하면 몸에 칼 대지 말라는 친구분들의 전화가 빗발쳤고 가족들도 썩 내켜 하지는 않았다. 그 뒤 계속 파스만 바르고 있다가 강원도 어디 용하다는 분을 마산과 중간쯤인 포항 버스터미널에서 만나 한약을 지어 드셨다. 두어 번 더 약이 왔는데 희한하게 그 약을 드신 후 증상이 완화되었다. 하지만 부자지간에 멋진 모습으로 테니스 시합 나가는 것은 영영 물 건너가 버렸다.

새벽에 물을 마시려 방에서 나왔다. 화장실에 인기척 있었고 잠시 후 엄마가 나오셨다. 그날따라 엄마의 흰 머리카락이 더 많이 눈에 띄었다. 전체가 백발이었다. 그런 모습은 처음이라 말문이 막혀버렸다. 엄마는 여자다. 그래, 여자였다. 가족들에게도 젊게 보이기 위해 염색을 늘 하셨고 옷도 잘 입으셨다. 가끔 멋을 부릴 때는 거짓말 조금 보태서 영화배우 저리 가라 할 정도다. 세련되고 멋있는 도시 할매다.

그런데 그날 엄마의 백발은 나에게 충격이었다. 낮에 만원 주고 사셨다는 엄마의 백바지가 서글프게 걸려있다. 거실에는 가족사진이 걸려있다. 사진 오른쪽 밑에는 '결혼 25주년 기념'이라고 적혀있고 정장을 잘 차려입은 세 남자와 까만 머리의 아리따운 여자 한 명이 웃고 있다.

생선살을 발라주는 것이, 맛있는 반찬 내 앞으로 밀어주는 것이, 차 조심해서 천천히 다니라고 하시는 말씀이 사랑한다는 몸짓이었고 표현이었다. 그 표현들을 잔소리로 듣고 귀찮아했던 나날들을 반성해본다. 그 뜻을 깨달은 것은 너무 늦어서다. 그래서 더 미안하고 죄송스럽다.

왜 사랑한다고 좋아한다고 말씀하지 못하실까. 표현하지 못하실까. 곰곰이 생각해본다. 내가 생각한 답은 이렇다.

받아보지 못해서이다. 그러니 줄 수 없었다. 들어보지 못해서이다. 그러니 말할 수 없었다. 부끄럽기도 하고 낯간지럽기도 하다. 아무튼 어색하다. 하지만 손자 손녀에게는 잘하신다. 나는 부모님이 쓰시는 단어 중에 '사랑한다'라는 말은 없는 줄 알았는데 말이다.

여태껏 자식에게는 어설픈 몸짓으로, 엉뚱한 말들로 사랑한다는 표현을 대신하셨다. '사랑한다. 아들'이라고 나도 듣고 싶다. 듣고 싶은 말이 있다면 먼저 상대에게 말하라고 했다.

"아버지, 엄마 사랑합니다."

시간이라는 나쁜 놈이 있다. 넉넉해 보이지만 넉넉지 않으며, 더디 가지만 더디지 않다. 이 나쁜 놈은 절대 쉬는 법이 없고, 기다려주는 법도 없다. 우리에게 주는 것은 후회뿐이다.

아버지의 시간은 가을 저녁 같다. 점점 해가 빨리 떨어지고 찬바람이 분다. 쓸쓸한 노을이 하늘을 수놓지만 그리 아름답게만 보이지는 않는다. 춥다. 외롭다. 쓸쓸하고 적적하다. 빨라도 너무 빠르다.

하지만 지금도 늦지 않았다. 엄마의 꿈은, 아버지의 꿈은 무엇인지 여쭤 볼 것이다. 어떤 일을 하고 싶은지, 무엇을 배우고 싶은지 여쭤 볼 것이다.

그냥 늙어가는 80세 노인이 있다. 손녀 결혼식 때 결혼 행진곡을 연주하겠다고 피아노를 배우는 노인이 있다. 배낭여행을 갈 목적으로 영어회화를 공부하는 70세 할머니가 있다. 그리고 손자들에게 가르칠 목적으로 종이접기를 배우는 어르신을 나는 지난주에 만났다. 그분들의 20대는 아직도 끝나지 않았다. 청춘이고 진행형인 것이다.

"엄마, 아부지요. 아직 창창합니더. 같이 바다수영해서 조오련처럼 대한해협도 건너고, 테니스 시합 나가서 우승도 해서 전자레인지도 따고 배낭 여행도 같이 가입시더. 지리산 일출도 보고 봉정암 가서 절도 하고 그리 하입시더. 꼭 그리 하겠다고 약속해주이소. 꼭 입니더."

3.

머리를 숙이고, 무릎을 꿇고

책 열 권을 샀다. 만나면 향기가 나는 사람에게 선물했다. 금방 없어져 버렸다. 다시 열 권을 사서 선물을 했다. 준비하는 내 마음은 기뻤다. 받을 사람이 얼마나 좋아할까 생각하니 내겐 더 큰 기쁨이었다. 아버지께서 누군가에게 책 선물하는 모습을 보고 배운 까닭이다. 나도 좋은 사람을 만나면 책을 선물한다. 가장 가치 있는 선물이라고 생각된다. 나중에 만나 그 책에 대해 이야기할 수 있으면 금상첨화다. 대화도 수준도 고급지고 품격이 있다. 누구 뒷담화하거나 흉보는 것보다 백배 천배 낫다.

아버지는 출근 준비를 하셨다. 걸어서 약 이십 분 거리에 있는 아파트로 출근하신다. 이른 저녁 식사를 하고 출근복으로 갈아입으셨다. 그 출근복은 다름 아닌 경비복이었다. 그렇다. 아파트 경비를 하시는 것이다. 꼬박 24시간을 근무하고 집에 오면 녹초가 되어 그대로 쓰러져 주무셨다. 일주일 정도 지나서 가족들은 그만두시라고 했지만 막무가내였다. 아버지 성격에 대충 하시지도 않아서 밤새 잠 한숨 못 주무시고 경비 일을 했다. 그러니 얼마나 피곤하셨을까. 얼굴은 까칠해지고 살도 점점 빠졌다. 그 모습을 옆에서 지켜보시던 엄마는 죽을 준비했다. 경비 서고 계신 아파트로 갖다 드렸고 노부부는 사이좋게 나눠 드시곤 했다. 나도 가끔 간식을 준비해서 갖다 드렸는데 발걸음이 무거울 수밖에 없었다. 앉으라고 내어 주시는 의자는 가시방석이었고 경비실 안의 퀴퀴한 냄새는 역겨웠다. 아버지의 근무복은 더더욱 보기 싫어서 짜증이 날 정도였다. 손수 커피를 타 주시면서 할 만하다고 말씀하시는데 버럭 화를 내 버렸다. 그냥 쉬시면 안 되냐고, 누가 돈 벌어오라고 했냐며 소리를 질렀다. 용돈 드릴 테니까 집에서 책이나 보고 산책이나 하면서 그저 쉬시라고 했다. 아버지는 먼 산만 바라보고 계셨고 난 그 길로 술집으로 갔다.

속이 상해 혼자서 소주 두 병을 연거푸 마셨다. 아버지가 한심했고 안타까웠다. 부끄러웠고 민망했고 화가 났다. 젊은 사람들도 밤을 새우면 체력 소모가 많아 다음 날 빌빌거리는데 70대 노인이 그렇게 무리를 하니 몸이 성할 리 없었다. 하루 종일 집에 누워 계신 모습도 보기 싫었다.

술에 취했고 미안한 마음에 아버지를 보러 다시 갔다. 손에는 붕어빵을 들고 있었다. 한순간 내 눈에 들어온 광경은 아버지께서 어떤 젊은 아줌마에게 쩔쩔매고 있는 모습이었다. 잠시 멈췄다. 정신을 가다듬었다. 택배 박스를 들고 샀대질을 하며 아버지에게 뭐라고 하는 것이었다. 계속 아버지는 미안하다고 그 젊은 아줌마한테 머리를 굽실거렸다. 피가 거꾸로 솟았다. 당장 뛰어가서 머리채를 잡고 싶었다. 뒤집어엎어버리고 싶었다. 문을 쾅 닫고 가버리는 뒷모습에 난 침을 뱉었다. 몇 동으로 가는지 끝까지 지켜보았다. 한숨이 나왔다. 눈물이 왈칵 쏟아졌다.

아버지에게 가고 싶지 않았다. 조금 전의 그 일을 모른 척하고 아버지를 볼 자신이 없었다. 붕어빵을 바닥에 내팽개치고 집으로 와 버렸다. 며칠 동안 아버지께 인사도 안 했다. 자는 척하고 있으면 방문을 조심스레 열고 잘 자고 있는지 확인하고 들어가시는 아버지의 인기척을 무시해버렸다. 아무 일 없는 듯 다닐 만하다면서 억지로 밝은 표정을 하고 계신 아버지가 안쓰러웠다. 그 모습을 보고 난 포기해 버렸다. '아버지 인생이니 알아서 하시겠지', '저러다 힘들면 그만두시겠지'라고 생각하니 내 맘은 한결 편해졌다.

한 달 정도를 다니셨고 월급을 받았다고 뭘 사오셨는데 난 거들떠 보지도 않았다. 그게 목구멍으로 넘어갈 일도 없었거니와 빨리 경비 일을 그만두는 것 말고는 아버지를 보고 싶지도 않았다.

자식들한테 짐 되기 싫다고 하시면서 계속 일을 하셨다. 부자지간의 관계회복을 위해 엄마는 나에게 죽을 갖다 드리라고 했다. 난 한사코 싫다고 했다. 그러다 무릎 아픈 엄마를 생각하니 이내 마음이 수그러들었다. 뚜벅뚜벅 걸어가면서 죽만 드리고 바로 나와야지 하고 생각했다. 날씨가 그날따라 유난히 추웠고 아버지께 가는 길이 멀게만 느껴졌다. 경비실에 다다랐을 때 아버지 모습이 보였고 누군가 대화를 나누고 있었다. 문을 열고 들어가니 훈훈한 공기가 나를 감쌌다. 어릴 때 아버지의 품 같았다.

옆에 동에서 같이 근무하시는 분께 아들이라고 소개를 했고 난 건조한 인사를 꾸벅했다. 수고하시라는 말만 툭 던지고 바로 돌아섰다. 집에 오는 길에 후회가 밀려왔다.

'좀 더 있다가 올걸. 말동무라도 해드리고 올걸.'

다음 날은 아버지께서 책 심부름을 시키셨다. 선물이니 포장을 해오라고 하셨다. 누구에게 줄 선물이냐고 물었다.

일하시는 아파트에서 고등학교 후배를 만났다고 했다. 먼저 후배가 알아보고 인사를 했다고 한다. 아버지께서는 반가워 책을 선물하고 싶다고 하셨다. 그 당시 후배분은 은행 지점장이었다. 경비복을 입고 계신 아버지를 먼저 알아보고 인사한 후배나 그런 후배를 챙겨 선물하시는 아버지. 두 분 다 가슴 찡하게 멋있는 남자들이다.

경찰서로 출근하신다고 했다. 엄마는 옆에서 특유의 실실거리는 웃음을 띠고 계신다. 난 또 경비일 하시냐고 물었다. 물론 경비가 나쁘다는 것은 아니다. 연로하신 어른들에게 일자리의 질이 열악하고 노동의 강도가 높다는 것이 내 개

인적인 생각이다.

아버지는 초등학생들 방과 후 지킴이를 하신다고 했다. 참 좋은 일이다. 시간도 좋고 일도 어느 정도 편해서 좋았다. 더군다나 손자 같은 아이들을 위험한 사람이나 차들로부터 안전하게 지켜 주는 일이니까 말이다. 그 일도 아무나 하는 것이 아니었다. 나이 제한이 있고, 신체검사도 통과해야 한다. 평소 약간의 혈압과 당뇨가 있는 아버지는 특히 신경을 많이 쓰셨다. 신체검사 전날이면 음식도 조절하셨고 혈압체크도 자주 하셨다. 합격 통보를 받은 날 아버지는 무척이나 좋아하셨다. 그런 모습을 보고 엄마는 놀리셨다.

"그기 그리 좋소?"

엄마는 엄마대로 좋았다. 하루 네 시간 정도는 자유 시간을 갖게 되었으니 말이다. 맨날 티격태격하시고 자꾸 영감쟁이 이상하다고 놀리시는데 나중에는 심심하실지도 모르겠다.

그 연배의 어르신들이 같이 일을 하셨고 가끔 회식도 하셨다. 소일거리 삼아 하시면서 받은 돈으로 손자 손녀 용돈도 주셨다. 특별한 날이면 저녁 식사를 사시기도 했다.

"젊으나 늙으나 사람은 일이 있어야 한다."고 엄마가 말씀하시는 날은 아버지 월급날이었다. 매년 신체검사를 했는데 올해는 혈압이 높아서 불합격 통보를 받았다. 아버지는 몇 날 며칠을 잠을 못 이루셨고 엄마는 그런 아버지를 이해하지 못했다. 돈 몇 푼 받는다고 그러냐면서 미련 두지 말라

하셨다.

하지만 아버지에겐 단지 '그 몇 푼'이 중요한 게 아니었다. 그것은 엄연한 직장이었고 중요한 하루 일과였다. 나가시면 커피도 한잔 마시고, 신문도 보고, 세상 돌아가는 이야기도 하고, 손자 손녀 자랑도 하는 자리였다. 세상과 소통하는 큰 마당이었던 것이다.

일주일 뒤 기적이 일어났다. 아버지에겐 기적이지만 다른 분에겐 불행이었다. 지킴이에 합격한 한 분께서 건강상의 문제로 그만두게 되었고 후보 1순위인 아버지께 기회가 온 것이었다.

그렇게 나가고 싶으셨을까, 온종일 싱글벙글이셨다. 전화를 드리니 목소리가 날아가고 있었다. 석 달 뒤 아버지께서도 감기몸살이 한 달간 낫지 않아 그만두셨다. 이번에는 미련 없이 시원하게 그만두셨다. 엄마, 형, 내가 매월 용돈을 드리기로 했다. 이번 달에는 조금 더 보내드렸다.

백 세 시대라고 한다. 중요한 것은 건강한 백 세다. 일자리도 있어야 하고, 노인 복지도 해결되어야 할 숙제다. 세상이 바뀌었고 많이 좋아질 것이라 기대된다. 하지만 무엇보다도 중요한 것은 건강해야 한다. 건강한 백 세 시대를 위해 내 아버지 세대들은 오늘도 등산하고, 산책하고 만보기를 쳐다본다. 자식들에게 짐이 되기 싫어 밤새 경비를 하고 심지어 폐지를 줍기도 한다. 정해진 답은 없지만, 자식된 도리로서 한 번쯤 생각해봐야 하지 않을까?

경비 일은 두 달을 꼬박하셨다. 몸무게가 3kg 빠졌고 심한 몸살을 앓으셨다. 그리곤 그만두셨다. 약값이 더 나왔고 가족들의 마음고생을 생각하면 그 비용은 감히 돈 따위로 환산하기는 힘들다.

난 그때 아버지의 멋진 모습을 보았다. 어떤 일을 하고 있든지 그 사람의 가치는 떨어지지 않는다. 내 아버지의 고귀하고도 높은 가치와 인간적은 진면목을 그제야 깨달았다. 그래서 나도 아버지 흉내를 내어 좋은 사람에게 책을 선물한다.

"고개 숙여 진심으로 존경합니다. 아버지."

4.
고맙습니다 아버지, 어머니

어릴 때 치과 가는 것이 그렇게 싫었다. 치과 건물 1층에 들어설 때 풍기는 특유의 냄새를 맡으면 다리가 후들거렸다. 엄마는 형의 충치 치료를 위해 몇 군데를 돌아다니시며 고생을 했다. 어떤 병원에서는 치료 못 하겠다고 데리고 나가라고까지 했다. 형이 아프다고 발버둥을 심하게 쳤던 모양이었다.

엄마 친구분께 병원을 소개받았는데, 만화책이 있었다. 치료도 안 아프게 살살했다. 형은 아직도 그 치과에 다니고 있다. 30년이 지난 일이다.

아버지 특유의 똥고집은 앞서 설명했지만, 생니가 빠져나가도록 참으셨다면 말 다했을 정도다. 계속 치통약, 진통제를 드셨고, 가족들은 늘 그렇듯이 병원에 가시라고 노래를 불렀다. 물론 허사였다. 화장실에 소금 통을 두고 입을 헹구셨다. 바닥에 소금이 흩어져 있으면 엄마의 잔소리거리는 하나가 더 늘었다.

대부분 그렇겠지만, 치아는 안 아프면 괜찮은 것이다. 아파야 가는 곳이 치과이고 병원이다. 하지만 아파서 가면 비용도 많이 들고 환자의 고통도 더 커진다. 특히 치과는 더 그렇다. 정기검진을 해야 하는 이유가 이 때문이다. 우리 몸과 자동차는 무조건 일 년에 한 번 정도는 점검을 받아야 한다고 생각한다. 그래야 아무 탈 없이 오래 사용할 수 있기 때문이다.

그렇게 심한 치통을 앓고 며칠 밤을 잠을 설치셨다. 고생은 고생대로 다 하고, 결국 병원으로 가셨는데 치아 뿌리가 상해서 뽑아야 한다고 했다. 안 그러면 옆에 치아까지 세균에 감염될 우려가 있어 위험하다고 했다. 그 날 저녁은 굶으셨고 방에서 끙끙 앓는 소리는 더 이상 들리지 않았다.

엄마는 임신했을 때 입덧이 심해 탄산음료를 입에 달고 사셨다 했다. 하긴 그 시절엔 탄산이 치아나 뼈에 악영향을 미치는 것에 대한 개념도 없었다. 아버지께서도 방 안에서 재떨이 두고 담배를 태우셨을 정도였으니 말이다. 지금은 상상도 할 수 없는 일이다.

출산 이후에는 치아가 많이 상했다고 한다. 엄마의 표현을 빌리자면 '녹아내린다'고 하셨다. 그 까닭인지 무릎에 골다공증도 있어 걷기가 영 불편하시다.

자기 전에 양치질시키느라 엄마와 우리 형제는 항상 전쟁을 치렀다. 그래도 충치는 생겼고 치과에 가면 마취주사와 이를 갈아내는 소리에 벌벌 떨었던 기억이 생생하다. 지금도 치과는 치가 떨리는 곳이다.

엄마는 집 앞에 있는 병원에 계속 다니셨지만 결국 부분 틀니를 해야 했다. 지금은 일흔이 넘으셨지만 십 년 전에 틀니를 해야 한다는 사실이 얼마나 싫으셨을까. 얼굴 인상도 그렇고 입안이 얼마나 불편하실까. 안 해본 사람으로선 아무런 할 말이 없다.

엄마는 주무실 때만 틀니를 뺐다. 집에서도 항상 하고 계셨다. 우리에게 볼 한쪽이 홀쭉한 모습을 보이기 싫으셨던 것이다. 엄마는 여자였다. 어쩌다 엷은 소금물에 담긴 엄마의 틀니를 보았다. 처음 보는 틀니는 징그럽기까지 했다. 내 솔직한 심정이다. 무섭고 징그러웠다. 만지지도 못하겠다. 이내 고개를 돌려버렸다.

현재 엄마의 위쪽 치아는 전체가 틀니다. 오래된 틀니로 인해 고통을 호소하셨다. 아래쪽도 곧 새로 해야 한다고 했다. 얼마 전 형이 비용을 내고 내가 병원을 섭외했다. 친구인 박 원장이 있지만 오가는 거리가 멀었다. 집 가까운 거리의 병원을 아버지와 함께 다니신다. 다정한지는 모르겠지만 보기는 좋다.

화장실에 안 보이던 파란 플라스틱 통이 놓여 있었다. 호기심에 열어 보았다. 식초 냄새가 코를 찔렀다. 거기에도 틀니가 들어 있었다. 아버지 것이다. 풍치로 인해 아버지께서도 치아 몇 개를 뽑아냈고 결국 그 자리에 틀니를 하시게 된 것이다. 이제는 징그럽지 않았다. 만져도 보았다. 얇은 철망도 보였고 잇몸 색깔로 된 플라스틱도 만져졌다. 이런 이물질을 입안에 하루 종일 넣고 계실 것을 생각하니 한숨부터 나왔다. 혓바늘 하나 돋아도 엄청나게 아프고 불편한데 오죽하실까. 음식을 드실 때는 딱딱 소리가 들린다. 괜스레 내 치아를 혀로 쓰윽 문질러 보게 된다.

식초를 너무 진하게 타서 틀니 일부가 녹아버렸다. 엄마는 그런 아버지를 '무식'하다고 놀리셨다. 불량이라고 우겨서 새 걸로 다시 받았지만 내가 생각해도 아버지는 '무식'하셨다. 구강 청결제를 사드렸는데 일주일 만에 다 쓰셨다. 적당량을 사용하셔야 하는데 아버지는 많이 쓰면 좋은 줄 알고 거의 입안 한 가득을 채우셨다. 엄마는 또 핀잔을 주셨다. '무식'하다고.

이제 그 파란 통이 귀엽고 앙증맞게 보인다. 그 안에는 많은 세월이 녹아있고 아버지의 사랑이 가득 들어 있다는 것을 잘 안다. 더 이상 엄마의 틀니가, 아버지의 틀니가 징그럽지 않다. 닦아 드리고 싶고 소독해 드리고 싶다. 조심스레 들고 볼을 부비고 싶다. 파란 통을 가슴에 꼭 안아 보고 싶다. 당신들의 뼈와 살을 녹여낸 결과로 내가 이렇게 건강하게 잘살고 있다고 생각하니 절이라도 하고 싶다.

어릴 때 치과에서 내 손 꼭 잡고 옆에서 지켜 주신 것처럼 이제는 내가 그 손 꼭 잡고 옆에서 지켜드릴 차례이다. 멀리 있는 자식보다 틀니가 더 효자라는 말이 있다. 아무쪼록 맛있는 음식 실컷 드시고 건강하게 두 분 오순도순 지내셨으면 하는 마음뿐이다.

결혼식 날이었다. 주례는 조병훈 교수님께서 해 주셨고 사회는 내 절친 일수가 맡아 주었다.

"신랑 신부 입장!"

그 모습도 당당하게 멋진 턱시도를 입고 입장했다. 나이가 들어서인지 떨리지는 않았다. 고마운 분들이 자리를 함께해 주셨고 오랜만에 외삼촌 내외도 자리를 빛내 주셨다.

장인 어르신은 몸이 불편하셨다. 그래서 양가 부모님들은 이미 자리에 앉으신 상태였다. 장인 어르신이 딸의 손을 잡고 같이 입장해서 도둑놈 같은 사위에게 건네주고 자리로 돌아가시는 게 보통의 경우다. 그 아비의 뒷모습은 세상에서 가장 쓸쓸한 것이었다. 하지만 우린 사전에 양해를 구했다.

아내는 내 손을 잡고 동시에 입장을 했고 걸어가는 내내 손을 떨고 있었다. 울음을 참으려는 듯 어깨도 약간씩 들썩였다. 이미 장인 장모님 눈가에는 굵은 이슬방울이 맺혀 있었다. 뒤로 돌아서서 하객들을 향했다. 조명이 강해서 눈을 제대로 뜰 수 없었다. 시선을 가만히 내렸는데 부모님 얼굴이 들어왔다. 짧은 순간이었지만 수만 가지 생각이 떠올랐다. 엄마는 나와 눈이 마주치면 금방이라도 울 것 같은 눈빛이었다. 아버지의 표정은 과묵했지만, 눈동자는 흔들리고 있었다.

겨울비가 내리는 날이었지만 많은 분들이 축하해 주셔서 성대하게 식을 마칠 수 있었다. 이어지는 피로연 자리에서 아버지는 친척분들의 축하주를 많이 받으셨고 기분이 완전히 업되셨다. 기어이 춤을 추셨고 이모부들 몇 분도 같이 춤판을 벌였다. 숟가락을 맥주병에 꽂았고 그 병을 무릎 사이에 끼웠다. 뛸 때마다 소리가 나는 훌륭한 악기가 되었다. 아버지의 그 춤은 20년 전에 본 것이었다. 그동안 춤을 추실 정도의 좋은 일이 없었다는 뜻이기도 하다. 그 날 엄마는 아버지를 말리지 않으셨다. 주인아줌마는 맥주 한 박스를 서비스로 주셨고 분위기는 한층 고조되었다.

내년이면 벌써 결혼 10주년이다. 애들은 건강하게 잘 자라주었고 우리 부부도 큰 싸움 없이 잘살고 있다. 하지만 마음에 하나 걸리는 것이 있다. 본가 거실에 걸려있는 가족사진이다. 부모님 결혼 25주년을 끝으로 멈춰버린 사진이다. 고장 난 시계 같은 그 사진에는 검은 머리의 젊은 부모님 사진이 그대로다. 그 모습을 그리워해서인지는 모르겠으나 사진을 바꾸자고, 다시 찍자고 해도 싫다고 하신다.

올해 연말에는 내가 고집을 부려서라도 사진을 찍을 테다. 요즘 유행하는 '리마인드 웨딩' 사진으로. 손자 손녀 옆에 세우고 꽃단장해서 같이 사진을 찍을 것이다.

큰일 났다. 아들 녀석이 할아버지의 파란 통을 장난감인 줄 알고 집에 가져와 버렸다.

바쁘게 살아온 당신의 젊음에 의미를 더해줄
아이가 생기고 그날에 찍었던 가족 사진 속에
설레는 웃음은 빛바래 가지만

〈중략〉

내 젊음 어느새 기울어 갈 때쯤 그게야 보이는
당신의 날들이 가족사진 속에 미소 띤 젊은 우리 엄마
의 꽃 피던 시절은
나에게 다시 돌아와서 나를 꽃피우기 위해
거름이 되어버렸던 그을린 그 시간들을
내가 깨끗이 모아서 당신의 웃음꽃 피우길
피우길 피우길 피우길 피우길

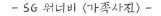

- SG 워너비 〈가족사진〉 -

5.

아버지에게 쓰는 편지

야구를, 축구를 같이 해 주셔서 고맙습니다. 좁은 골목길에서 야구 할 때 아들놈들 공 받으신다고 무릎 많이 아프셨죠. 이제 두 다리 쭉 펴시면 제가 주물러 드리겠습니다.

당구는 어찌 그리 잘 치십니까. 존경합니다. 보신탕집에데리고 가 주셔서 고맙습니다. 정말 맛있었습니다. 조만간제가 한번 모시겠습니다.

목욕탕에서 때를 밀어주셔서 고맙습니다. 졸업하던 날 빠짐없이 와 주셔서 고맙습니다.

얼마나 아프셨습니까. 얼마나 힘드셨습니까. 직장을 잃고방황하실 때 얼마나 괴롭고 마음고생 많으셨습니까. 저도다니던 회사 때려치우고 나왔을 때가 기억납니다. 큰 울타리를 벗어나 야생에 던져진 기분이었습니다. 그래도 저에겐부모님이라도 계셨지만, 아버진 아무도 없었잖아요. 많이 두렵고 앞길이 막막했으리라 짐작됩니다. 잘 이겨내셔서 고맙습니다.

엄마의 잔소리에 딱 한 번 숟가락 던지신 일을 기억합니다. 저도 그랬을 겁니다. 그 당시 조금은 놀랐지만 이제야 알 수 있을 것 같습니다. 오죽 답답했으면 그런 모습 보이셨는지.

어릴 때 형이 밥 먹다가 엄마한테 물 갖다 달라고 했을 때를 기억하십니까? 엄마가 형을 야단치며 갖다 먹으라고 했죠. 그때는 왜 밥상을 뒤집어엎으셨나요?

그건 참으셨어야 했어요. 아버지의 교육방식에 대해 운운하고자 하는 것은 아닙니다. 엄마의 심정도 이해를 해주시지 그러셨습니까. 아버지만 바라보고 시집을 온 한 여자입니다. 앞으로도 엄마를 잘 챙겨주셔야 합니다. 그 일이 있고 난 후, 일주일 정도 두 분이 말씀을 안 하셨던 거 기억나세요?

어린 나이에도 분위기가 심상치 않음을 알았고 두 분 갈라서면 어쩌나 하고 걱정을 하기도 했습니다. 그래서 저는 아이들 보는 앞에서 부부싸움을 해서는 안 되겠다고 가슴 깊이 새겨 두었습니다.

사과의 편지를 쓰신 일은 현명했습니다. 양복바지 주머니에 넣어두고 저보고 엄마께 전하라고 하셨죠. 제가 펼쳐 보지는 않았지만 어떤 내용인지는 짐작이 갑니다. 엄마도 내심 기다리는 눈치였습니다. 옥상에 올라가서 읽으시고 눈물을 훔치시는 모습을 봤습니다. 잘 해결되어 다행이었습니다.

기억하실지 모르겠습니다만 자전거 사건 때는 참 든든하

고 멋졌습니다. 아버지 고맙습니다. 형과 싸울 때 좀 더 따끔하게 혼내시고 더 아프게 때리시지 왜 그러지 않으셨습니까? 형과 저의 뺨을 때리실 때 얼마나 속상하셨습니까? 가슴 많이 멍들게 해서 죄송합니다. 그렇게 맞아도 쌉니다. 덕분에 제대로 된 인간이 되었습니다. 하나도 아프지 않았습니다. 그때의 눈물은 미안함이었고 죄송함이었습니다. 반성이었습니다.

얼마나 많이 우셨습니까. 옥상에서 베란다에서 차 안에서 …. 얼마나 힘드셨으면 제 거울에까지 오셔서 같이 울어 주셨습니까? 저는 아버지가 있어 행복합니다. 든든합니다. 고맙고 사랑합니다.

어릴 때 받은 편지가 기억납니다. 가을에 아침, 저녁으로 책 보기 좋은 계절이니 독서 많이 하라고 쓰신 내용 기억나세요? 거창에서 근무하실 때입니다. 저도 답장을 썼는지는 기억이 잘 안 납니다. 그런 부자지간의 정을 나누어 주셔서 고맙습니다.

경비 일을 하실 때는 온 가족이 마음 아팠습니다. 머리를 거의 삭발하셨을 때 기억하세요? 답답하고 힘들다는 표현을 그렇게 하신 줄 압니다. 아무것도 해 드릴 수 없는 제가 미웠습니다.

아버지 그저 건강하십시오. 앞으로 시간이 많이 남아 있습니다. 하시고 싶은 일 하세요. 배우실 것도 많습니다. 멋진 할아버지가 되셔야 합니다.

노래방도 같이 가고 여행도 같이 가야죠. 함께해야 할 일이 태산 같습니다. 웅이 대학졸업식도, 규리 결혼식도 보셔야 합니다.

용돈 필요하시면 언제든지 말씀하세요. 알아서 챙겨 드려야 하는데 그러질 못해 죄송합니다. 드시고 싶은 게 있으면 말씀해 주시고 마음에 드는 옷이 있다면 말씀해 주세요.

엄마랑 일본여행 다녀오셨을 때는 정말 반가웠습니다. 공항에서 기다리는 제 심정은 타들어 갔습니다. 평생 자식 기다리신 부모님 심정은 오죽하셨겠습니까. 올해도 좋은 곳으로 준비해 보겠습니다.

제게 돈과 시간과 사람을 대하는 방법을 몸소 가르쳐 주시고 보여 주신 점 감사드립니다. 험한 세상 살아갈 수 있는 올바른 가치관을 심어 주셔서 고맙습니다.

이제는 제발 부탁드립니다. 몸이 아프실 때는 바로 병원으로 가세요. 참는다고 낫는 게 아닙니다. 잘 아시잖아요. 아버지 고생도 고생이지만 옆에 있는 가족들도 생각해주셔야 합니다.

손자, 손녀에게만 사랑한다 하지 마시고 저한테도 말씀해 주세요. 아들 사랑한다고. 엄마랑 결혼해 주셔서 고맙습니다. 멋진 시아버지여서 고맙습니다. 며느리도 정말 존경하고 있습니다. 아이들 데리고 자주 찾아뵙겠습니다.

아버지께서 제게 주신 것보다 더 많이 아들, 딸에게 베풀겠습니다. 저의 거울이셨던 모습 잘 기억하겠습니다.

피부가 약해져서 걱정입니다. 날씨가 더워지면 장갑이 얼마나 불편하시겠습니까. 아무쪼록 관리 잘하셔야 합니다.

아버지.

당신은 내게 친구였고 존경의 대상이었습니다. 보호자였고 든든한 응원군이었습니다. 그리고 이 세상 단 하나뿐인 저의 든든한 산입니다.

이것 하나만 약속해 주세요.

다음 생에는 반드시 제 아들로 태어나시는 겁니다. 꼭 약속해 주세요. 넘치고 과분하게 받은 사랑을 다 돌려드리고 다 갚아드리겠습니다.

사랑합니다. 사랑합니다. 사랑합니다.

평소 말로 하기엔 부끄러워서 이렇게 못난 아들이 글로 적습니다. 부디 오래오래 건강하셔야 합니다.

사랑합니다. 아버지, 내 아버지

6.

이제는 제발

    좋은 것은 내 차지였다. 싱싱한 과일, 맛있는 음식은 안 드시고 다 챙겨주셨다. 넓고 좋은 잠자리도 양보해 주셨다. 버스를 탈 때도 빈자리에 나를 앉히셨다. 영화관에서도 당신 무릎 위에 앉혀서 잘 보이도록 해 주셨다. 나는 당연히 그래도 되는 줄 알았다. 아버지는 아픔을, 고됨을 모르는 사람인 줄 알았다.

    걷다가 다리가 아프다면 업어주시고 목말을 태워 주셨다. 잘 익은 군고구마도 껍질을 까서 먹기 좋게 신문지에 싸 주셨다. 당신은 꼭지 부분이 맛있다고 하시며 끝부분만 드셨다. 밤에 칼집을 넣어 잘 익혀 주셨다. 어린 시절 난로 위에서 익어가는 고구마와 군밤은 아버지와의 추억이었다.

    집에서 고기를 구워 먹을 때는 먹기 좋게 잘라 주셨다. 아버지는 고기를 싫어하셨다. 아니 싫은 척하신 것을 이제야 알았다. 조기든 갈치든 뼈를 잘 발라내어 밥숟가락 위에 얹어 주셨다. 정작 아버지는 생선 대가리를 드셨고 꼬리 부분이 맛있다고 하셨다. 뼈에 붙어 있는 살만 드셨다. 그래서

목에 가시가 걸려 병원에도 몇 번 가셨다. 엄마가 양말과 속옷은 아버지 것을 따로 준비하셨기 망정이지 그렇지 않았다면 그것조차도 우리에게 양보하셨을 것이다.

키워보니 알겠다. 그 모든 것이 희생이었고 배려였다. 자식에 대한 사랑이었고 양보였던 것이다. 요즘 아이들을 키우면서 화도 나고 짜증도 나지만 단 한 번 그런 내색하지 않으셨던 아버지였다. 친구 같았던 아버지였다. 바쁘고 힘든 회사 일을 마치고 퇴근하시면 편히 쉬어야 했을 텐데 아들이 원하면 야구를, 축구를 같이 해 주셨다.

피부가 약해져 손등에 핏줄이 터져도 약이나 밴드를 혼자서 바르셨다. 심한 치통도 방 안에서 견뎌 내셨다. 혈압이 높고 당 수치가 높아도 혼자 끙끙 앓으셨다.

성의 없는 인사말로 괜찮으시냐고 물으면 그저 고개만 끄덕이셨다. 왜 그러셨을까? 도대체 왜? 이제는 알 것 같다. 자식들 걱정할까 봐서이다. 신경 쓰이게 하는 것이 싫으셨던 것이다. 혼자서 많이 아프셨을 것이다. 외로우셨을 것이다. 자식들이 한 번쯤은 야박했을 것이다. 섭섭했을 것이다.

하지만 단 한마디의 말씀도 없으셨다. 자식들 힘들까 봐서이다. 조금은 알 것 같다. 그 깊고도 넓은 마음을 아주 조금은 알 것 같다. 그렇게 아버지에게서 받은 사랑을 나도 고스란히 내려 주고 싶다.

내리사랑이라 했다. 이제는 내 몸이 천근만근이라도 아이들을 업어주고 안아줄 것이다. 씻겨주고 닦아줄 것이다. 가끔은 고집부리고 버릇없는 행동을 해도 묵묵히 받아 주고 기다려 줄 것이다.

자전거를 타고 싶다면, 농구를 하러 가자면 그리할 것이다. 딸이 그림을 그리자고 하면 잘은 못 그리지만, 시늉이라고 해야겠다. 인형놀이를 하자면 할 것이고 소꿉놀이를 하자면 아빠 역할을 해야겠다. 절대 피곤하다거나 쉬고 싶다는 말은 안 할 것이다.

열이 나면 새벽이라도 들쳐 안고 응급실로 향할 것이다. 돈 한두 푼 아끼지 않겠다. 내 입에 겨우 풀칠을 하더라도 내 새끼들에겐 산해진미는 아닐지라도 고급스럽고 맛있는 음식을 먹일 것이다. 내 비록 추위를 막아 낼 옷 한 벌 걸치더라도 내 자식들은 두툼하고 따뜻한 옷을 입힐 것이다.

장갑과 목도리를 챙겨 줄 것이다. 모자와 내의를 입혀 추위에 단 한 순간도 떨게 하지 않을 것이다. 내 아버지에게 배웠던 것을 고스란히 베풀고 싶다. 다 쏟아내고 싶다. 피와 살점 하나까지 모두 다.

이제는 제발 당신을 위해서 살았으면 좋겠다. 생선 뱃살을 먼저 드셨으면 좋겠다. 등심을 실컷 드셨으면 좋겠다. 편하고 좋은 자리에서 몸 눕히고 넓은 의자에 편히 앉아계신 모습을 보고 싶다. 이제는 아버지의 자리를 벗어나 당신만의 자리에서 즐기셨으면 좋겠다. 아프다고, 아파서 못 견디겠다는 소리를 듣고 싶다. 같이 병원 가서 손잡아달라고 하는 말씀을 듣고 싶다. 좋은 속옷, 좋은 양말 신고, 멋진 옷을 입은 모습을 보고 싶다. 좋은 차를 타고 좋은 곳으로 여행을 떠나시는 모습을 보고 싶다. 그동안 보고 싶었던 친구들이나 친척들 만나러 홀홀 다니셨으면 좋겠다. 후회 없이 미련 없이 사셨으면 좋겠다.

'늙었다', '시간이 없다'라는 말씀은 안 하셨으면 한다. 당신 옆에 평생 미워하고 사랑했던 엄마가 항상 같이 있으면 좋겠다. 소소하게 챙겨주고 옷맵시 챙겨주는 엄마가 있으면 좋겠다.

이제는 내가 해 드릴 차례다. 효도랍시고 가끔 전화 드리는 것이나 용돈 몇 푼 드린 것이 전부다. 진정으로 아버지의 마음을 헤아리고 보은하는 방법을 잘 알지는 못한다.

장가가서 가정을 꾸리고 손자, 손녀 안겨 드리는 것이 최고의 효도라고 했던가. 그것조차도 내 성에 안 찬다. 분에 넘치게 받은 사랑 때문일까….

내가 아는 맛집으로 모셔야겠다. 산 좋고 물 좋은 여행지로 동행할 것이다. 계단이 높으면 업어 드릴 것이다. 허리가 불편하면 안아 드릴 것이다. 먼 곳을 보시겠다 하면 목말을 태워 드릴 테다.

구두 굽이 닳아있으면 새 구두를 사드려야겠다. 옷깃이 낡았다면 백화점으로 갈 것이다. 지나가다 맛있는 냄새가 나는 막걸리 집이 있다면 무작정 들어가서 시원하게 한 주전자 들이킬 것이다. 가볍고 튼튼한 운동화를 사 드려야겠다. 산책하실 때 목에 거는 만보기 건전지를 확인해야겠다.

아들을 데리고 목욕탕을 같이 갈 것이다. 나란히 등 돌리고 앉아 때를 밀어 드릴 것이다. 돌아오는 길에는 시원한 콩국수를 먹을 것이다.

피 터진 손등 안 아프게 살살 잡아 드려야겠다. 수술 자국 없어지게 배를 살살 문질러 드려야겠다. 노래방도 같이 가셔야 하니 신곡을 알려 드려야겠다.

좁아진 어깨가 들썩인다면 어깨동무해 드릴 것이다. 당신이 그랬던 것처럼 조용히 손수건 건네 드릴 것이다. 아버지 모시고 할아버지 계신 곳에 자주 가야겠다. 어릴 때 차가운 고구마 드시던 아버지의 모습을 사랑할 것이다. 안아 줄 것이다. 눈을 마주치며 고개를 끄덕일 것이다.

'다 이해한다고 사랑한다고' 눈빛으로 말할 것이다.

이제는 내가 기다릴 차례다. 밤늦게 오시더라도 거실에 불 환히 켜 놓고 기다려야겠다. 아버지의 소주잔에 눈물 말고 진한 소주만 따라 드려야겠다. 밤새워 경비 일 하시느라 피곤한 당신을 위해 방 따뜻하게 데워 놓아야겠다.

그동안 험한 돌밭 길, 가시밭길을 굳건히 걸어오신 아버지의 발을 쉬게 해 드릴 것이다. 발 만져 드리며 그동안 고생하셨다고 말씀드릴 테다. 이젠 편히 쉬시라고 말씀드릴 테다.

"아버지, 다음 달 웨딩 촬영 있으니 몸매 관리 하시고 염색도 하세요."

이제는 제발 양보하지 말고 당신을 위해서 살아가셔야 하는데 그러지 못하실 거란 것을 잘 안다. 그래서 더 마음이 아프다.

아버지 이제는 제발.

7.

장례식

To be or not to be this is the question!
죽느냐 사느냐 그것이 문제로다.
포악한 운명의 돌팔매와 화살을 맞는 건가, 아니면
창칼을 들고 노도처럼 밀려드는 재앙과 대항하여 싸
우다가
끝장을 내는 건가, 죽는 건 자는 것뿐일지니,
잠들면 마음의 고통과 육신에 따라붙는
무수한 고통은 사라지지.
죽음이야말로 우리가 간절히 바라는 결말이 아닌가.
죽는 건, 자는 것. 잠들면 꿈을 꾸겠지.
아 그게 문제로다.
이 세상의 고민에서 벗어나 죽음 속에 잠든 때에
어떤 악몽이 나타날지 생각하면 망설이지 않을 수가
없지.
그 때문에 결국 피로운 인생을 그대로 이끌고 가는 것
아닌가.

— 윌리엄 셰익스피어 〈햄릿〉 중에서 —

아버지께서 돌아가셨다. 연세는 올해 일흔셋이었다. 평소처럼 산책을 다녀오셨고 그렇게 좋아하시던 조기구이를 드시고 일찍 잠자리에 드셨다고 했다.

아침에 담담한 목소리로 엄마가 전화하셨다.

"현철아 아버지 먼 길 떠나셨다. 급할 것 없으니 준비해서 천천히 넘어 온나. 애들 잘 챙기고."

샤워하고 면도를 했다. 잘 다려진 하얀 셔츠를 꺼내 입었다. 웅이랑 규리도 깨끗한 옷을 준비해서 입혔다. 회사에 부친상을 알렸고 몇 군데에 부고를 넣었다. 애들 학교와 유치원에도 조부상을 알렸다.

집에 도착했다. 언제나 그렇듯이 아이들은 5층까지 단숨에 뛰어 올라갔다. 문을 열고 "할아버지!"라고 외치면 아버지는 환한 미소로 팔을 벌려 손자 손녀를 안아 주었다.

하지만 아버지의 방문은 열리지 않았다. 이상하게 여긴 진웅이가 엄마에게 물었다.

"할아버지 주무셔 엄마?"

아내는 말없이 고개만 끄덕였다. 이내 얌전해지는 애들이 참 귀여웠고 고마웠다. 형은 아버지 영정사진을 챙겼다. 나는 엄마의 손을 한번 굳게 잡고 아버지의 방문을 조용히 열었다.

편안하게 주무시고 계셨다. 얼굴은 하얗게 보였다. 양손을 가지런히 배 위에 놓으신 채였다. 밤새 틀어놓은 라디오가 오전 9시를 알려준다.

근처 한마음 병원에 전화했고, 아버지를 조심스레 병원으로 모셨다. 사망진단을 받았고 염을 마쳤다.

아버지 살아 계실 때 가족회의를 통해 정해진 대로 창원 상복공원 장례식장으로 빈소를 잡았다. 화장하기로 했다. 엄마는 차분하게 친척들에게 전화하셨다. 옷가지들을 가방에 넣으셨고 무릎 보호대를 챙겨 넣으셨다. 빈소로 향하는 차 안에는 우연히도 아버지 애창곡이 흘러나왔고, 엄마는 콧노래를 흥얼거리며 따라 불렀다. 나도 손가락으로 어느새 박자를 맞추고 있었다. 뒷자리에 앉은 아이들은 자리 비좁다며 티격태격 싸우고 있고 아내는 멍하니 창밖을 바라보고 있다.

날씨는 덥지도 춥지도 않고 좋았다. 도심에서 약간 벗어난 상복공원은 공기도 좋았고 장소도 넓고 쾌적했다. 오랜만에 참새의 노랫소리가 귀에 들렸다. 하늘은 파랗고 구름은 한없이 높았다. 엄마가 말문을 여셨다.

"아따 영감쟁이 복도 많다. 떠나기 딱 좋은 날씨네."

하시면서 규리 손을 잡고 건물 안으로 들어가셨다. 주차하고 내려가니 든든한 아들이 빨리 오라고 손짓을 한다. 내쪽으로 뛰어오려는 것을 아내가 손을 잡으면서 말렸다. 그 앞으로 차가 한 대 쓰윽 지나갔다.

특실을 준비했다. 예약실로 들어가 접수 절차를 마치고 나왔다. 일수와 상일이가 건물 입구로 들어오는 것이 보였다. 내 평생, 같이 할 친구들이다. 열 일 마다하고 한걸음에 달려와 준 것이다. 검은 양복을 입은 모습이 영화배우 같았다. 특히 상일이는 키가 훤칠한데 그날따라 더 크게 보였다. 일수는 배가 불룩 튀어나와 양복이 어울리지 않았다. 뱃살 뺀다는 말만 십 년 째다. 엄마에게 꾸벅 인사를 했다.

"아이고 일수, 상일이 오랜만이네. 애들 놓고 키운다고 욕 보제. 다 그런 기다. 한번 시간 내가꼬 온나. 된장 끓여 주끄마. 대학 때는 그리 술 처묵고 오가 빤쓰만 입고 디비자고 가더만 요새 너무 뜸한 거 아이가? 일수 니는 멸치 좋아 하제. 좀 싸줄게. 꼭 오이라."

애들도 일수 삼촌, 키다리 삼촌 하며 잘 따른다. 지갑에서 만 원짜리 꺼내서 주려는 것을 한사코 말렸다. 건물 밖으로 나가 담배 한 대씩 입에 물었다. 상일이는 끊은 지 오래됐다. 웅이가 따라 나오려는 것을 아내가 말렸다. 담배 좀 끊으라는 웅이 목소리가 뒤통수를 때린다.

장례식 끝날 때까지 함께 있겠다고 말하는 친구들이 고마웠다. 옆에서 뭐든 돕겠다는 친구들이 든든했다. 조문객들을 맞이할 준비가 어느 정도 되어가고 있었고 해는 서서히 지고 있었다.

갓 지어 고슬고슬한 밥과 시래깃국이 준비되었다. 과일, 떡 등의 음식들이 도착했다. 따끈따끈하게 잘 삶아진 수육도 배달되었다. 일을 척척 쳐내는 아내가 너무도 믿음직스러웠고 고사리손으로 엄마를 돕고 있는 애들도 사랑스러웠다. 집에서 담근 30년 된 인삼주도 봉인해제 되었다.

수육에 김치를 척 걸쳐서 엄마 입에 넣어주는 아내가 그렇게 예뻐 보일 수 없었다. 엄마도 맛이 좋다며 엄지를 치켜세우셨다. 우린 가족이었다.

한바탕 잔치가 벌어졌다. 아버지 고등학교 동창분들이 오셨다. 운수동우회 어르신들도 오셨고, 수석회 회원들도 오셨다. 멀리 하동에서 펜션 사업하시는 형곤이 형님도 왔고, 테니스 응원 단장인 율규 형님 모습도 보였다. 율규 형님 목소리는 여전히 기차 통이다. 반백의 머리가 자꾸만 아쉽다.

서울에 계신 이모부들도 잘 차려입고 내려오셨다. 외삼촌 가족도 왔다. 오랜만에 본 외삼촌의 큰 딸인 민진이는 길에서 만나면 못 알아볼 정도의 숙녀가 되어 있었다. 내년에 결혼한다고 했다.

엄마는 이모들과는 오랜만이라 이야기가 끝이 없었다. 하나같이 닮은 이모들을 보면서 문득 외할아버지가 떠올랐다. 호주에서 레스토랑을 하는 사촌 동생 재현이도 들어왔다. 영어 발음이 섞이는 게 현지인 느낌도 살짝 묻어났다. 한쪽에 앉아서 밥을 세 그릇이나 싹 비웠다. 한국 음식이 그리웠던 것이다.

고등학교 친구들이 우르르 들이닥쳤다. 조화와 동기회 깃발이 설치되었다. 총무를 맡고 있는 기정이가 고생이다. 친구들은 내 손을 덥석 잡아주고 등을 토닥여주었다. 형을 소개했고 고등학교 선배라고 하니 한 번 더 깍듯하게 인사를 했다.

회사 마치고 바로 왔는지 석이는 작업복 차림이다. 뭘 입어도 잘 어울리는 친구다. 술만 먹으면 자는 것이 특기다. 입담 좋은 박 원장은 이미 분위기를 장악해서 친구들을 웃기고 있다. 욕을 입에 달고 있지만 맛있고 찰진 욕이다. 욕쟁이 할머니가 들으면 울고 갈 정도다.

허 사장은 손에 기름때가 항상이다. 허 사장 집 마당에는 기름이 나온다. 노래방에선 따라올 자가 없다. 막춤대회가 있다면 무조건 일등이다.

듬직한 한의원장인 홍래는 벌써 얼굴이 달아오른 불판이다. 그 옆에는 지난달 장가간 언철이가 새신부랑 통화하고 있다. 도둑놈이다. 무려 10살 아래 신부를 얻었다.

진호는 파마를 했고, 성복이의 배는 들어갈 줄을 모른다. 다들 건강해야 할 텐데 하는 생각뿐이다.

홀라 판이 벌어졌다. 왁자지껄한 분위기가 영판 동네잔치였다. 대학 친구들, 테니스 클럽 회원들도 다녀갔다. 회사 동료들도 다녀갔다. 다들 어깨를 두드려주고 손을 맞잡고 힘을 실어 주었다. 나의 울타리다. 고마운 사람들이다.

이틀 밤이 훌쩍 지나갔다. 아무런 느낌이 없었다. 배가 고픈지, 잠이 오는지, 몸이 피곤하지도 느끼지 못했다. 하지만 정신은 고요했고 생각은 깊고 맑았다. 이제는 보내드려야 할 시간이었다. 담담했다.

마지막 상을 준비하고 절을 올렸다. 영정사진 속 아버지는 조용히 웃고 계셨다. 어릴 때 나를 바라보던 눈빛이나 지금의 것이나 그대로였다. 나도 따라 웃었다. 그 많고 많았던 기억과 추억과 미련과 아쉬움을 뒤로 한 채 이제는 가서야 했다.

아버지와 난 눈빛을 마주쳤다. 울지 않기로 약속했다. 울지 말라고 말씀하신다. 난 고개를 끄덕였다. 우리를 불러 놓고 유언을 하실 때가 기억났다. 당신께서 정신 멀쩡할 때 남기고 싶다 하셨다. 남기신 말씀은 딱 두 가지였다.

'형제끼리 싸우지 말고 우애 있게 지낼 것. 그리고 장례식 때 울지 말 것'

난 약속을 지켰다. 빙글빙글 환하게 웃는 얼굴로 보내드리기로 했고 그렇게 했다. 엄마도 형도 웃고 있다.

"시원하게 살다가, 미련 한 점 없이 시원하게 잘 가시네."

엄마의 말씀에 다들 웃음이 터졌다. 영정사진을 든 진웅이를 앞장세워 화장터로 이동했다. 떡 벌어진 아들 녀석 어깨가 듬직하다.

아버지께서도 그런 손자가 믿음직스러워 마음 편하실 것이다. 누어서 웃고 계실 것이다. 한 시간 정도 지났을까 아버지는 화려한 변신을 하셨고 훌훌 날아갈 준비를 마치셨다. 내가 손수 받은 아버지는 따뜻했다. 군고구마를, 군밤을 익히던 난로 같았다. 내 몸을 감싸 주었던 낡은 점퍼 같았다. 제대할 때 눈물 닦아주던 따뜻한 손길 같았다. 그렇게 따뜻하고 포근했던 아버지. 아버지. 아버지.

아버지를 주머니에 한주먹 넣었다. 만보기를 목에 걸고 등산 다니시던 길목에 조금씩 놓아 드릴 것이다. 아무도 모르게 말이다. 그 길 지날 때마다 지켜보실 것을 잘 안다. 늘 함께 있는 것이다. 하지만 축담에 신발 한 켤레 줄어들면 내 모든 하늘은 텅 빌 것이다.

새벽 5시를 알리는 알람이 요란하게 울렸다. 잠옷은 식은 땀으로 흥건하게 젖어 있었다. 꿈에서 깨어 핸드폰을 더듬어 찾았다. 2층 침대 보러 오신다는 아버지의 문자가 들어와 있다. 손자와 약속한 날짜가 바로 오늘인가 보다.

저 높은 하늘에 솔개 한 마리 빙빙 돌고 있다.

8.

바로 지금

드라마나 영화에서 흔히 볼 수 있는 장면이 있다. 병실에 환자 한 명이 누워 있고 주위를 빙 둘러서 가족들이 서 있다. 갑자기 문이 열리며 헐레벌떡 뛰어들어오는 사람도 있다. 그는 잘살아보겠다고 외국으로 이민 갔던 장남쯤 된다. 침대 먼발치에서 조용히 눈물을 흘리는 사람은 여동생이다. 그렇다. 누워있는 환자는 바로 당신들의 아버지다. 다 죽어가는 목소리로 겨우 말을 이어가며 유언을 한다.

그러다 숨이 끊어지면 약속이나 한 듯이 동시에 대성통곡을 한다. 점점 식어가는 손을 부여잡고 펑펑 울기 시작한다. 식상하다. 잘 살아야 잘 죽는다. 여기서 잘 산다는 것은 후회 없는 삶을 의미한다. 그래야 미련 없이, 후회 없이 잘 죽을 수 있다.

몇 해 전 일본의 암 전문 의사인 오츠 슈이치가 쓴 『죽을 때 후회하는 25가지』라는 책이 베스트 셀러에 올랐다. 암 환자 1,000명을 대상으로 죽음을 앞둔 현재 가장 후회스러운 것은 무엇인가 라는 설문 조사를 했는데 소개해 볼까 한다.

1. 사랑하는 사람에게 고맙다는 말을 많이 했더라면

2. 진짜 하고 싶은 일을 했더라면

3. 조금만 더 겸손했더라면

4. 친절을 베풀었더라면

5. 나쁜 짓을 하지 않았더라면

6. 꿈을 꾸고 그 꿈을 이루려고 노력했더라면

7. 감정에 휘둘리지 않았더라면

8. 만나고 싶은 사람을 만났더라면

9. 기억에 남는 연애를 했더라면

10. 죽도록 일만 하지 않았더라면

11. 가고 싶은 곳으로 여행을 떠났더라면

12. 내가 살아온 증거를 남겼더라면

13. 삶과 죽음의 의미를 진지하게 생각했더라면

14. 고향을 찾아가 보았더라면

15. 맛있는 음식을 많이 맛보았더라면

16. 결혼을 했더라면

17. 자식이 있었더라면

18. 자식을 혼인시켰더라면

19. 유산을 미리 염두에 두었더라면

20. 내 장례식을 생각했더라면

21. 건강을 소중히 여겼더라면

22. 좀 더 일찍 담배를 끊었더라면

23. 건강할 때 마지막 인사를 밝혔더라면

24. 치료의 의미를 진지하게 생각했더라면

25. 신의 가르침을 알았더라면

과연 후회하는 것이 이것밖에 없을까? 후회하지 않을 수는 없을까? 물론 하나밖에 없는 사랑하는 사람이 세상을 떠나버려 영원히 볼 수 없게 된다면 그 상실감은 너무나도 클 것이다.

태어나는 순간부터 죽음을 향해 한 발 한 발 내딛게 된다. 죽을 걱정하면서 살아가라는 뜻은 결코 아니다. 하루하루 아껴가며 후회 없이 살자는 것이다.

후배 돌잔치가 얼마 전 있었다. 흔해 빠진 돌잡이를 했고 뷔페에서 식사를 했다. 음식은 거기서 거기였고 나는 먹고 싶은 음식만 골라 담았다. 두 번 정도 그릇을 채우고 나니 더 이상 먹지 못할 지경이었다. 이렇듯 맛있는 것만 골라 먹어도 다 맛보지 못하고 아쉬움을 남긴 채 수저를 놓아야 한다.

하고 싶은 일만 하고 살아도 인생은 너무나 짧다. 단순히 돈을 벌기 위해 억지로 일을 하거나 몸에 맞지 않는 옷을 입고 수동적으로 사는 것보다 불쌍한 삶은 없다. 각자 진지하게 생각해 볼 문제다.

신이 만든 것 중에 쓸모없는 것은 없다고 했다. 우리는 모두 어딘가에, 누군가에게 반드시 필요하고 소중한 존재다.

가장 소중한 존재는 바로 '나'이며 바로 '당신'이다.

내가 잘되어야 다른 사람도 잘 된다. 내가 차고 넘쳐야 다른 사람을 도울 수 있다. 비행기를 타면 이런 안내문이 있다. 비상사태 때 천정에서 산소 호흡기가 내려오면 부모들 먼저 착용하고 자녀들을 챙기라고 되어 있다. 처음에는 의아했다. 당연히 어린 아이들 먼저 돌봐야 하는 것이 아닌가 하고 생각했지만, 자칫 잘못되면 둘 다 결과가 안 좋을 수 있다.

같은 이치일 것이라 고개가 끄덕여졌다. 내가 잘 되는 방법은 간단하다. 아주 단순하고 쉽다. 어떤 일이든 '바로 지금'이다.

날씨가 좋으면 하지, 내일부터 하면 되지, 좀 쉬었다 하지 등 많은 핑계가 우리 발목을 잡는다. 이렇게 말하는 사람치고 정작 시작하는 사람은 거의 없다.

후회하지 않고 사는 방법도 '바로 지금'이다. 이래 볼걸, 저래 볼걸, 여기 기웃, 저기 기웃 해보지만 단 한 발짝 내딛기 어렵다. 그저 해 보면 된다.

태어나면서부터 내 의지와 상관없이 이미 선택된 것도 있다. 그중 무엇과도 바꿀 수 없는 단 하나의 존재는 아버지다. 귀하고 소중하고 드문 것일수록 그 가치는 끝이 없다. 고대 유물들이 소중히 여겨지고 문화유산으로 지정되는 이유는 유일무이하기 때문이다. 다이아몬드의 값어치가 비싼 것은 흔하지 않기 때문이다. 소중하기 때문에 없어지면 안타깝고 아쉬운 것이다.

우린 언젠가 소중한 것들과 이별을 한다. 가장 소중한 존재인 아버지도 마찬가지이다. 그 상실감과 미련과 후회 때문에 마지막 순간에 식어가는 손을 붙잡고 대성통곡을 한다.

아버지의 마지막 길을 내 눈물로 질척하게 해 드리고 싶지는 않다. 후회와 한탄으로 땅을 치지 않을 것이다. 밝은 미소로 조명을 대신하고 푹신한 레드카펫을 깔아서 화려하게 보내드릴 것이다. 덥지도 춥지도 않은 날씨에 기분 좋게 홀홀 보내 드릴 것이다.

그러기 위해선 해야 할 일이 있다. 아주 쉽고 간단하다. 바로 지금 전화를 드리면 된다. 바로 지금 문자를 넣으면 된다. 바로 지금 사랑한다고 말하면 된다.

후회하지 않을 것이다. 미련 남기지 않을 것이다. 아낌없이 주셨던 사랑, 아낌없이 갚을 것이다.

멀리 있는 피붙이 생각에 바로 전화를 했다. 목소리가 날아간다. 내 전화가 무척이나 반가운 눈치다. 아직 한참 남은 겨울 이야기를 하며 눈 구경 오라고 한다. 아들도 큰아버지, 큰아버지라고 하며 전화통을 들고서 학교 다니는 이야기, 태권도 이야기 등을 나눈다. 우린 가족이다.

아버지 생각이 났다. 바로 전화를 드렸다. 여전히 '솔' 톤보다 높은 목소리다. 여전히 고맙다 하신다. 손자, 손녀가 좋아하는 과자를 사 놓겠다 하신다. 난 아직도 옆에서 입맛 벙

굿거리고 있다.

'아버지 사랑합니다.'

마치는 글

동이 트기 전 정신을 맑게 하고 책상에 앉았다. 그리고 뽀얀 먼지로 덮인 기억의 서랍을 열었다. 보이지 않았다. 더듬어지지 않았다. 한참을 눈을 감고 침묵해서야 겨우 하나 꺼낼 수 있었다.

그다음은 눈물이다. 즐거워서 울었고 슬프고 미안해서 울었다. 그리고 또 써내려갔다. 그때의 기억에, 감정에 젖어들어 울면서 쓰기도 했다. 울고 나면 속이 시원했다.

감히 그분들의 삶을 이해할 수 있겠냐마는 이제야 조금 알 것 같다. 아빠가 되어보니 알 것 같다. 난 아버지처럼 살지 않겠다고 다짐했다. 아니다. 아버지처럼만 살고 싶다. 아버지만큼이라도 살고 싶다. 다 견디고 다 주면서 말이다.

이 책은 반성문이다. 사죄의 글이고 용서를 비는 글이다. 후련할 줄 알았는데 더 무겁다. 가슴이 쓰라린다. 잡지 못하는 그 무언가를 잡으려 하니 부질없다는 생각에 더 암울해진다.

욕심내지 않겠다. 작지만, 사소하지만 지금 내가 해 드릴 수 있는 것부터 하나하나 해야겠다. 문자를 보내고 애들 사진을 전송해드릴 것이다.

이 책을 들고 아버지께 갈 것이다. 남자끼리 뜨거운 심장을 맞대어 울어볼 것이다. 후회하지 않을 것이다. 하지만 후회로 가득할 것이다.

세상이 빠르게 변한다. 4차 산업혁명의 시대이다. 사물인터넷, 우주여행, 드론, 3D 프린터 등 자고 일어나면 새로운 세상들이 펼쳐진다.

이제 곧 홀로그램시대가 온다고 한다. 무인자동차가 개발됐고 얼마 지나지 않아 하늘을 나는 차가 나올 것이다. 아무리 빨리 변한다 해도 영원히 변하지 않는 것들도 있다.

사람의 식욕, 성욕, 수면욕은 그대로일 것이다. 그리고 마지막으로 변하지 않을 또 한 가지가 있다. 바로 아버지와 자식의 관계이다.

우린 이 관계에 대해 너무나 소홀했던 것은 아닐까. 우리의 아버지들을 재활용되지 않는 산업폐기물 정도로 취급한 것은 아닌지 반성해보자. 비유가 너무 과한가. 표현이 너무

심하다 싶은가. 그럴수록 더 깊은 반성이 필요하다.

한평생 가족을 위해 살다가 늙어지면 외롭고 쓸쓸한 뒷 방 늙은이 취급을 하고 있진 않은지 가슴에 손을 얹고 생 각해보자. 지금 아버지가 계시든 안 계시든, 과거에 사이가 좋았든 안 좋았든 내 알 바 아니다.

다만 이 글을 읽고 아버지라는 존재를 한번 생각해보는 시간을 가졌으면 좋겠다. 돌아가셨으면 한번 찾아가 보고, 그것도 안 되면 한 번쯤 떠올려 봤으면 좋겠다.

미련이나 후회를 씻을 수 있는 마음의 눈물 한 방울 흘 릴 수 있다면 좋겠다. 아버지 생각 끝에 다시 살아갈 힘과 용기를 얻을 수 있다면 아버지는 영원히 같이 있는 것이다.

내 아들이 나중에 아버지가 되어 이 글을 읽고 나를 조 금이라도 이해했으면 좋겠다. 할아버지를 그리워했으면 좋 겠다. 나는 단 한 명이 이 글을 읽어줬으면 좋겠다. 바로 내 아내이다. 이 글을 읽고 부디 아버지를 사랑했으면 좋겠다. 지금 아버지 미워하는 사람도 있을 것이다. 아버지에 대해 나쁜 기억만 있는 사람도 많을 것이다.

그렇다면 실컷 미워하고 마음껏 욕을 해도 좋다. 그조차 도 아버지는 다 받아 주실 거니까. 누구라도 내 부족한 글 을 읽고 아버지를 떠올렸으면 좋겠다. 그리고 표현했으면 좋겠다. 미워한다고, 사랑한다고, 미워했다고, 사랑했다고.

'바로 지금'